U0957579

Complete Poems Hart Crane

桥

哈特·克兰诗全集

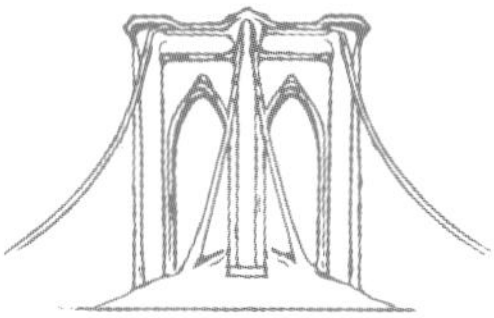

[美]哈特·克兰 著
陈东飚 译

上海译文出版社

Hart Crane
HART CRANE: COMPLETE POEMS
Simplified Chinese edition copyright © 2025 Shanghai Translation Publishing House
All rights reserved.
根据 The Library of America 2006 年版译出

图书在版编目（CIP）数据

桥：哈特·克兰诗全集 /（美）哈特·克兰（Hart Crane）著；陈东飚译 . -- 上海：上海译文出版社，2025. 4. -- ISBN 978-7-5327-9760-8

Ⅰ. I712. 25

中国国家版本馆 CIP 数据核字第 2025UF9197 号

桥：哈特·克兰诗全集
［美］哈特·克兰　著　陈东飚　译
责任编辑 / 徐珏　装帧设计 / 小阳

上海译文出版社有限公司出版、发行
网址：www.yiwen.com.cn
201101　上海市闵行区号景路 159 弄 B 座
浙江新华数码印务有限公司印刷

开本 850 × 1168　1/32　印张 10.25　插页 6　字数 88,000
2025 年 4 月第 1 版　2025 年 4 月第 1 次印刷
印数：0,001—3,000 册

ISBN 978-7-5327-9760-8
定价：88.00元

本书中文简体字专有出版权归本社独家所有，未经本社同意不得转载、摘编或复制
如有质量问题，请与承印厂质量科联系，T：0571-85155604

关于哈特·克兰

生于1899年7月21日，哈特·克兰（Hart Crane）是俄亥俄州一名糖果制造商的儿子，一个兰波[①]（Arthur Rimbaud）般早熟的诗人与幻想家，为20世纪初充满巨变与可能的世界而目眩神迷，又被躁动、不羁与混乱的生活引向悲剧的宿命。1920年代开始在文学刊物上发表诗作。《白色建筑》（*White Buildings*，1926年）或许是美国诗歌自《草叶集》（*Leaves of Grass*）以来最伟大的处女诗集。在这部精美绝伦的前奏之后是哈特·克兰的杰作《桥》（*The Bridge*，1930年），从哥伦布到爵士乐时代美国的宏大再现，由一系列抒情诗组成的长诗，或称现代史诗。他以极速走过了其他人需要双倍时间才能完成的旅程，达至风格，张力与技艺的至高处，将继承自上一世代的华丽修辞，象征主义的玄奥迷狂，与超验主义的灵性直觉和宇宙视野融入其独具意味的“隐喻逻辑”之中，以打造一种高度现代与浪漫的诗歌，其深远的文学与文化影响持续至今。尽管他的文学价值起初颇受争议，但近几十年来随着愈来愈多重量级诗人

---

① Arthur Rimbaud（1854—1891），法国诗人。

和批评家的推崇与重新发现，哈特·克兰作为20世纪美国诗歌代表诗人之一的地位已完全确立，甚至有论者将他视为与华尔特·惠特曼（Walt Whitman）、艾米莉·狄金森（Emily Dickinson）、埃兹拉·庞德（Ezra Pound）、T. S. 艾略特（T. S. Eliot）、华莱士·史蒂文斯（Wallace Stevens）和罗伯特·弗罗斯特（Robert Frost）同列的主要美国诗人。在诗歌以外，哈特·克兰无法摆脱酗酒习惯与长年的精神异常，源于自我和周遭世界的折磨令他最终崩溃，于1932年4月27日乘蒸汽轮横渡墨西哥湾时投海自尽。

目 录

白色建筑
White Buildings

Ce ne peut être que la fin du monde, en avançant.[①]

——兰波

① 法语："那只能是世界的终结，在向前迈进"。兰波，《童年》（*Enfance*）IV，《彩图集》（*ILuminarions*，1874年）。

致华尔多·弗兰克[1]

① Waldo Frank（1889—1967），美国小说家，历史学家，批评家，哈特·克兰的友人。

传奇

静寂如一面镜子被相信的那样
现实种种由此投入静寂……

我并无准备去悔悟；
或契合遗憾。因为飞蛾
曲身及不上那静止
恳求的火焰。而颤抖不停
在白色飘落的雪花间的
是亲吻，——
那值得全部准许的唯一。

有待获知——
这劈砍与这燃烧，
但只可由那一个
将自己再次耗尽的人。

再二又再三
（又是冒烟的纪念品，
流血的幻象！）而又再一次。
直到光明的逻辑被赢取
悄无声息如一面镜子

被相信的那样。

随后，腐蚀性的滴而复滴，完美一呼
会串起某种恒定的和声，——
毫不留情的恶作剧给所有那些踏着
他们青春的传奇走进中午的人。

黑手鼓

一座地窖里一个黑人的福祉
标识关闭的世界之门上迟钝的判断。
蠹蚊在一个瓶子的阴影里乱撞。
而一只蟑螂路过地板的一道缝隙。

伊索[1]，被驱入沉思，发现了
有乌龟与兔子的天堂；
狐狸尾巴和母猪耳朵冠盖他的坟墓
并融合咒语在空气之上。

那黑人，孤伶伶地在地窖里，
漫游某个中央王国，黑暗，其所在，
介于他的小手鼓，钉在墙上，
与，在非洲，一具叮满苍蝇的尸体之间。

① Aesop，公元前6世纪希腊寓言家。

行为标志

在一个半岛边上漫游者坐而勾画
峻峋的山谷坟墓。当使徒施舍
给温顺者时火山爆发
挟硫磺与金灿灿的岩石……
因为欢乐披着巨大的遮盖物而行
将生者诱入精神之门。

演说者跟随宇宙
并以无线电播送整部法律给人民。
使徒通过训导传递思想。
碗与杯盏让历史学家盛满崇拜，——
愚钝的嘴唇在纪念精神之门。

漫游者后来选择了这个休息点
此处大理石云彩支撑大海
此处终于诞生了一个被选中的英雄。
到那时夏天和烟已经过去。
海豚仍在嬉戏，拱跃着地平线。
却只为建立精神之门的记忆。

我外祖母的情书

今夜什么星星也没有
除了那些记忆之星。
然而有多少地方要归于记忆
在软雨的松弛环带里。

甚至还有足够的地方
留给我母亲的母亲，
伊丽莎白的信，
已被如此久远地挤压
进房顶的一角
成了褐色，软软的，
随时会像雪一样融化。

跨越这般空间之大
脚步定要轻柔。
它尽悬于一根看不见的白发。
它颤抖如桦树枝网罗着空气。

而我问自己：

“是否你的手指长到可以弹奏

不过是回声的老调：
是否那静寂强到
可以将音乐带回它的源头
又再回归于你
恍如重归于她？”

然而我愿牵着我外祖母的手
穿过她不会理解的种种；
于是我绊倒。而雨在房顶上继续
伴随这样一声温柔怜惜的笑。

周日清晨苹果

致威廉·索默[1]

树叶会在某个时候再次落下并在
自然的绒毛里注满这些意旨
它们是你的线条充沛而忠实的力量。

但此刻有的是对春天的挑战
在那成熟的裸体中，头颅
　　　　　　　　　　　昂起
进入一个刀剑的领域，她紫色的影子
迸发于世界的冬天之上
出自向积雪呐喊蔑视的白。

一个男孩带着一只狗奔跑在太阳之前，跨骑着
形成他们独立轨道的自发性，
他们自有的光之多年生植物
在你居住的山谷里
　　　　　　　　（名叫布兰迪怀恩[2]）。

我见过那里的苹果向你投掷秘密，——

---

① William Sommer（1867—1949），美国画家。
② Brandywine，俄亥俄州顶峰郡（Summit）一小溪与村落的名字。

季节性疯狂钟爱的苹果
用空幻之酒喂饲你的问询。
再次将它们放在一只水罐跟一把刀旁边，
将它们均衡摆放得完整就绪以待爆炸——
苹果，比尔[1]，苹果！

① Bill，即“威廉（William）”的昵称。

赞美一个尸灰瓮

纪念：欧内斯特·尼尔森[①]

那是一张和善与北方的脸
在这类放逐者的伪装里掺入
皮埃罗[②]的永恒之眼
以及，来自高康大[③]的笑声。

他的想法，被传递给我
来自白床罩和枕头，
我现在明白，都是遗产——
暴风雨的精妙骑者。

倾斜之山上的斜月
曾将我们驱往各种预感
有关死者守卫之物，依然活着，
以及对灵魂的这般估价

---

① Ernest Nelson（1899—1921），挪威画家，其私人图书馆曾接待过哈特·克兰，死于车祸。

② Pierrot，法国哑剧中的男丑角（面上涂白，表情忧伤，身穿宽松白衣，头戴尖帽）。

③ Gargantua，法国作家拉伯雷（François Rabelais，约 1490—1553）《巨人传》（*Gargantua et Pantagruel*）的主人公。

如同，高踞火葬场的前厅，
那执着的时钟评说不停，
还涉及我们的赞美之辞
称颂正当其时的荣耀。

然而，心中念着金发，
我仍看不见那受伤的眉头
也错过蜜蜂的干枯之声
伸展横越一个明澈的空间。

就将这些好心的习语散布
到雾霭的春天里吧，它铺满
城郊，在那里它们会迷路。
它们绝非太阳的战利品。

花园抽象

苹果在它的枝上是她的欲望，——
闪亮的垂悬，太阳的模仿。
那枝条已抓住她的呼吸，而她的嗓音，
哑然清晰可闻，在她头顶上枝复一枝的
倾斜与升起之中，模糊她的双眼。
她是树与它的绿色手指的囚徒。

于是她开始梦见自己是那树，
风将她占有，编织着她年轻的血脉，
将她托上天空与它迅疾的蓝，
将她双手的热病淹没在阳光里。
她没有记忆，没有恐惧，也没有希望
超乎她脚底下的青草和阴影。

僵硬的大调

情人之死，何等平常
有升降弹簧和更僵硬的
太阳的残迹，不知怎的
在我们苏醒前渗流进来。

还未有那热量与清醒的
对更聒噪空气的活体解剖
黑暗中相挽的手会回应
在它眩光的每日循环之后。

是切分的时候了……
在绿丝绸的床罩下面
她这一墩未分娩的生命
冷冷压着她——还不及疼痛。

而她会醒在你离去之前，
几乎一声不吭，越过房门，
每三步下一级楼梯
直到你抵达闷声的底层——

会笑着喊你的名字；而你，

仍在回应着她隐约的再会，
会找到马路，只为观瞧
门扉与石头，用受伤的眼。

现在走吧，记下情人的死。
从此以后她的记忆就多
过你的，在哭喊中，在迷醉里
后者你永远无法企及去分享。

卓别林式

我们作出我们温和的调整，
满足于这样的随意安慰
如同被风置放
在溜滑与太过宽敞的口袋里。

因我们仍可以爱这世界，发现
一只挨饿的小猫在台阶上，知道
让它躲过街头暴怒的栖息之地
或被扯破的温暖肘弯隐蔽所。

我们将侧身跨步，并最后调笑一声
戏耍那不可避免的拇指的厄运
后者慢慢搓着它皱巴巴的食指朝向我们，
面对迟钝的斜视摆出怎样的纯真
和怎样的惊奇！

而这些漂亮摔跌之为谎言却并不
甚于任何柔韧手杖的旋转舞；
我们的葬礼，某方面讲，不算什么大事。
我们可以避开你，和别的一切除了心：
只要心活下去我们又有何辜。

这游戏迫人假笑；但我们曾见过
月亮在寂寞小巷里用一个
空垃圾筒造出一只笑的圣杯，
而透过所有的欢乐与探寻之声
也曾听见一只小猫在旷野里。

田园曲

再没有了紫罗兰，
而这一年
已碎成烟雾腾腾的镶板。
树木现在记得什么
她的呼喊，她的热情。

那场汁与叶的仪式
被太阳抽出，
终结于这晚近闷声的
青铜与黄铜。风
挽着缰绳。

假如，满身尘土，我负载
一个意象越过这
已然降临的收获季，
我只能发问，“傻瓜——
难道你已经回忆得太久；

抑或是说得太少

以舒缓或消解——

才刚开始的夏季

和紫罗兰，

采撷三两枝，余者皆死去？”

在影中

外面琥珀色的午后近晚，
困惑于朵朵菊花之间，
她的阳伞，一个苍白的气球，
像一枚等候的月亮，在影中游。

她隐秘的饰带与雾发
在花园日晷上蒸馏
阳光，——继而后撤，披挂
又一度阴影由她所愿。

轻柔却突然，繁星的
光华围绕她的阳伞。
她听见我的脚步跟着绿色的
暮光，比影更静，落下。

“来吧，太晚了，——晚得
不可独自经历光明的衰亡：
傍晚也不必长久等待，”——
但她自己的词语属于夜晚和我。

蕨草

在她眼镜上游走的光线
很少，如今，遇见她眼中的一面镜子。
而转身，当你可能偶然提起一道遮帘
在她和她的蕨草边，就是循着
紧紧围绕沉静的干嘴唇的之字形
经由一道骤然疼痛的环进入黑暗。

——因此，当新鲜的阳光切碎潮湿的绿色
我已得知自己是迷惘的一个子侄
有时候将居所占领并统治
王冠不那么灰白——哦无情的整齐头发！

北拉布拉多[1]

一块冰层倾斜之地
被天空石膏灰的弯拱紧抱，
默然将自身投掷
入永恒。

“难道无人前来此地赢得过你，
或让你现出最淡的潮红
在你闪烁的双乳之上？
难道你毫无记忆，哦黯中的发光体？”

冷寂，只有瞬间的移转
行往无春天之季——
无诞生，无死亡，无时间亦无阳光
作回应。

① Labrador，加拿大纽芬兰与拉布拉多省（Newfoundland and Labrador）一地区。

河流静憩

柳树携带一种缓慢的声音，
风在草地上刈出一支萨拉班德[①]。
我从来回忆不起
沼泽湿地那沸腾，沉稳的平复
直到年岁已将我送往大海。

旗帜，杂草。和悬崖壁龛的记忆
柏树在那里分享中午的
暴政；它们差点将我拖入冥府。
而那些攀登硫磺梦境的巨龟
放弃了，当日晒淤泥令它们轻摇
碎裂……

多少事物我本可换取！黑峡谷
和山中所有奇异的筑巢术
海狸在那里学习针缝与齿啮。
我曾进入又迅速逃离的池塘——
我现在回想它歌唱的柳树圈环。

① Sarabande，一种三拍节奏的缓慢西班牙舞或舞曲。

而终于，在那记忆中万物汲取营养；
在我终于经过的这座城市之后
滚烫的膏油铺展，飞镖生烟
季风横断三角洲
在海湾大门口……那里，远过堤坝

我听见过风切削蓝宝石，像今年夏天，
而柳树留不住更多沉稳的声音。

转述

拥有一种稳定闪烁的节拍介于
轮辐的心脏收缩，心脏舒张之间
一个奔突离开夜间卧床的人
或许会发现那记录楔在他的灵魂里。

双足之上那聪明的床单
覆盖守护生命的整数：
因为掠过其间之物令脚趾蹬直，
令双手卷入无目的的休止。

但从它的括号里舌头怎能讲述
当有条不紊的早晨会在某时淹没
那只枕头——灯光多绝望
它不应觉醒，乌鸦的指摘多微弱

正当，惊愕于那道南极的焰光，
你的头，停摆于一阵脉搏，已然
被大气镂空，发布一则白色转述
在贴满纸的墙上被碾碎的玫瑰之间。

拥有

现在见证这信赖！那雨
它轻柔地窃走方向
和那钥匙，在手中就绪——筛得
牺牲的一刻（最惨痛的）
透过一千个夜晚肉体
进袭直取徘徊隐秘的
闪电，——哦毫无方向如天空
透过它的黑色泡沫并无眼睛
来看这牢固的情欲之石……

将这样的时刻累积到一个小时：
记算这颤抖列表的总数。
我认识屏风，遥远飞逝的轻敲
和刺人而摇摆的混成曲——
和慈惠，女性般，它始终
仿佛准备好的一样。

而我，走进去时，拿起石头
像你可以令一个人做到的那样悄然……

在布里克街[1]，于一片真空中依然犀利，
被言说以外的领悟所伤，
我将它举起对着一面光的圆盘——
我，转动，在烟熏分叉的锥尖上转动，
这城市的执着生命，种种欲望。

投在这些号角上，流血而死的人，
缺少一切除了可怜的准入许可被泼洒
在那页上，它盲目的总和最终烧尽
愤怒与部分食欲的记录。
那纯粹的拥有，那包容一切的云
其心是火，必将到来，——白色的风夷平
一切只余明亮的石头，我们的微笑在其中上演。

① Bleecker Street，位于纽约曼哈顿。

Lachrymae Christi[1]

白白地，当轻质汽油
来自月亮的漂洗剂
溶化一切除了磨坊的窗子
（里面确定的机械
静止
而只凝结在有一个窗台
流泻它那一道不屈微笑的地方）

纯净无瑕的毒液黏合
狐狸的牙齿，而乌黑的
荆棘焕新于这一年
最初的血。来自毫无防守的翼侧，
春天砰然奏响的红色背叛
在山丘之上何止亿兆。

而黑夜的开端
诵唱金字塔，——
以纯真施涂油礼，——重新召唤

① 拉丁语："基督之泪"，一种意大利坎帕尼亚（Campanie）地区的葡萄酒，传说由基督痛哭从天堂坠落的路西法（Lucifer）的泪水洒落处长出的葡萄酿成。

音乐并取回曾被伪誓
以镀锌遮蔽了双眼的事物。

当钟鸣
于其下和四面八方
分馏仁慈，——虫豸
秘不可闻的哨声，挖掘的隧道
并非忏悔
而是歌，如同这些
永恒的泉源，藤蔓，——

你这双拿撒勒[1]与火绒的眼睛。

（获释的斯芬克斯[2]来自成熟的
死亡琉璃苣已将我的舌头
又清了一次；毒虫与枝杖
不再黏合。一团有感的
泪云汇聚透过跟腱踩踏的沃土：
遭背叛的石头缓缓言说。）

名字从你的双眼剥落
而它们永不黯灭的火焰栅格，

---

① Nazarene，拿撒勒（Nazareth）为以色列北部古城，圣经中耶稣的生长地。

② Sphinixes，神话中的生物，在埃及神话中为狮身人面，在希腊神话中为狮身，鸟翼，女人脸。

在手掌与疼痛中拼写出
这一年的冲动，哦拿撒勒人。

自暗黑，细瘦的枝头长逸斜出，
血流不止而明亮。当夜晚
从你完美的领域中袭来，
在丁香翡翠呼吸中再次举起
大地的酒杯——

　　　　　　　　你的脸
从烧焦与开裂的木桩，哦
狄俄尼索斯[①]，你
不受毁伤的靶心微笑。

---

① Dionysus，希腊神话中的酒神。

流逝

在雪松树叶分割天空之处
我听见了大海。
在山岭的蓝宝石竞技场
我被应许一个有所改善的幼年。

闷闷不乐，对太阳施以惩罚，
我的记忆被我扔在一座溪谷中，——
偶然的虱子，编织荞麦，
用围裙覆盖岩石，汇聚梨子
以月照的蒲式耳[①]计
并用一声隐秘的咳嗽唤醒小巷。

夏天危险地燃烧
（我已加入了风的裹挟）。
巨石的阴影拉长了我的背脊：
在我脸颊的铜锣之内
雨干涸而无气味。

“并不长久，并不长久；

---

① Bushel，谷物及水果的计量单位，等于 8 加仑或约 36.4 升。

且看红色与黑色
藤蔓立满山谷的所在——”：然而风
言说而死穿越你知道
并拥抱的年代，被烟囱熏黑的人心！
于是我转身回返，恰如你的烟
编纂一部太过有名的传记。

傍晚是一支长矛在溪谷里
正因橡树而茂盛。我又曾否走过
那一打属于时间的特别十进制数？
触摸一枝开花的月桂，我发现
一个小偷在下面，手拿我失窃的书。

“你为什么回到这里——笑着一口铁棺？”
“来与月桂争论。”我回答：
“倾刻间有理，逃离
在你双眼的持久惊奇之下——”

他合上了书。自各个托勒密王朝[①]而来
沙子将我们噬入一道闪烁的深渊。
一条蛇游过一个顶点去逐日
——在未涉足的海滩上斜吐其舌发出鼓声。
我听见了怎样的泉？怎样冰冷的言说？
记忆，致力于这一页，已崩坏。

---

① Ptolemies，由马其顿国王统治的各个埃及王朝（公元前305—公元前30）。

酒之兽园

一成不变地当酒液补救视觉，
收窄双眼的芥末酱诗韵，
一头总在眉宇间漫游的豹子
在一道困睡凝望中证实一个幻象。

此刻掩映的瓶樽反射着街道
呈新月状的我于腹部。缓慢的
掌声涌入液态的小熊星群：
——我被征召入它们阴影的光芒。

对着仿缟玛瑙护壁板
（雪，蛋，纱，煤，肥料的着色乳胶）
且看那将她捕获的微笑之钳。
叩击的汗水正漫向他的发间。槌棒，
她的双眼，击毁世界的一瞬……

这一堆里那爬虫窥探的是什么——
谁的皮肤，时间的摹本，拆解开
八角形，绕眼的蓝宝石耳堂；
——从谁那里某座低语的排钟确保
飞箭射入羽状天空的速度？

骤现于窗玻璃狡诈拖拽一张脸，
而当她嫉妒的壁龛消退
一个已经离开了雪地的顽童
将一个圆桶推过吧台
当八月的草地在哪儿锁住他的眉头。

每间房，耳堂，都铸造某种斜视，
无悔的线路，造就他们各自的意志——
打着条纹的可怜躯体如花环扭身而出，
被每一转取消的眼点[1]无知无觉：
在黑色的獠牙之间众玫瑰闪耀！

新的门槛，新的解剖！酒的爪子
建起自由环绕着我并精炼
这份才能——在一滴泪中旅行
独自闪耀，在另一人的意志之内。

直到我的血梦见一个接纳的微笑
新的纯粹陷落于其中；那里鸣响在
某朵凄凉安息的火焰之前的是一只贝壳
或曾敲响过，被地狱里的每一片舌头。
——苦恼啊，自我体内呐喊的智慧：

---

① Stigma，花朵雌蕊的顶部。

"呜呼，——你的技能这些凝冻的巨浪！
且发明爱与躁怒的新多米诺[①]……
该死，这颗世界与生俱来的牙
始终跟着你。尽管到最后你知道
并计数某一笔沙子的晦暗遗产，
还有多少去迎候雪的背叛。

"从日期和面包屑中站起来。然后走开，
踩过霍洛弗内斯[②]的胫骨——
越过墙头，他被割下的头飘过
连同施洗约翰[③]的头。他们的耳语开始。

"——然后将放逐再叠回到你的背上；
佩特鲁什卡[④]的信物在它的销上转动。"

---

① Domino，一种骨牌，或化装舞会上穿的带有面具的宽斗篷。

② Holofernes，天主教旁经《犹迪传》(*Book of Judith*) 中的亚述将军，被希伯来女子犹迪引诱，醉后被其砍下头颅。

③ Baptist John (公元前 1 世纪末—约公元 30)，犹太传教士，《圣经 · 新约》中记载他被希律王斩首。

④ Petrushka，俄罗斯木偶戏中的人物，通常为红衣红帽的小丑，亦是 1911 年斯特拉文斯基 (Igor Stravinsky，1882—1971) 作曲，迪亚吉列夫 (Sergei Diaghilev，1872—1929) 编舞的同名芭蕾舞剧的主人公。

宣叙调

且看此处的捕获，哦雅努[1]面目之人，
仿佛拧转这片玻璃的手般成双。
如此眼眸在搜寻还是休憩你看不见；
吟诵着苦痛或喜悦，你怎可忍受！

孪生阴影的两半：这分崩一秒
于彼此间保留的唯有皮肤，就这样
我以硬壳覆盖一盘颤动的水银
满是裂隙，给你和对半的兄弟。

且问询这至为苛刻的片段微笑，
它的鼓声与至暗飘飞之叶且无视，——
然而要延迟，那些泪水的撤回
后者将出场让渡给一个十字的符号。

且定睛观瞧——风如何飧宴与旋转
在淫欲前撞个粉碎的脑盘。然后注视
当黑暗，像一只猿猴的脸，消失，
而渐渐地白色建筑回应白昼。

---

① Janus，罗马神话中的开端与过渡之神，有两张或四张脸。

让同一个无名的海湾围困住我们——
同样悬停我们远离凶暴的总和
一层层建于钢铁的梁柱之上，不予
那铅垂之心，如押沙龙[①]，丝毫的涌流。

最高的塔楼，——让她的肋骨围护
尼尼微[②]伤损的黄金；——却离开塔楼。
大桥摇摆于沉船的起获之上，远过码头。
一阵风遵循你意志的舰旗……

在交替的钟声里难道你不曾听见
所有的钟点密集敲打成为单单一曲跨越[③]？
原谅我对这些事物发出一声回响，
且让我们迈步以同等的骄傲穿越时光。

① Absalom，《圣经》中反叛其父大卫（David）的逆子，在以法莲树林（Ephraim Wood）之战中因长发缠在树枝上而被抓获及处死。

② Nineveh，古代亚述（Assyria）的首都，位于底格里斯河（Tigris）沿岸，与今伊拉克摩苏尔（Mosul）相望。

③ Stride，一种爵士乐钢琴演奏法。

为浮士德与海伦的婚姻[①]而作

“如此我们可经由塔木德[②]之技艺
与渎神的希腊语抵达以建造
海伦的屋宇对抗那以实玛利后代[③]，
陀迦玛[④]国王，和他的锁子甲
亮如硫磺，碧蓝而炽烈；以及
亚巴顿王[⑤]的军队，和基提姆[⑥]的野兽。
后者被大卫·吉姆希拉比[⑦]，翁克洛斯[⑧]，

① 见英国诗人，剧作家马洛（Christopher Marlowe，1564—1593）《浮士德博士的生死悲剧史》（*The Tragical History of the Life and Death of Doctor Faustus*，1589—1592年），浮士德不满尘世之美，召唤特洛伊的海伦于地下。

② Talmud，犹太教口传律法集，仅次于《圣经》的主要经典，为公元200年或210年成书的犹太口传法典汇编《密西拿》（*Mishnah*）及其释义和补编，五世纪下半叶编著的《革马拉》（*Gemara*）两经的合称。其内容除律法外，还涉及天文、地理、医学、算术、植物学等方面。

③ Ismaelite，以实玛利（Ishmael）为《圣经》中亚伯拉罕（Abraham）之子，被认为是阿拉伯人的祖先。

④ Thogarma，《圣经·创世记》中诺亚（Noah）的孙子，被认为是高加索及西亚一些民族的祖先。

⑤ King Abaddon，《圣经·启示录》中蝗虫军队的王。

⑥ Cittim，《圣经·但以理书》中预言会发战船攻击“北方王”（The king of the North）的国度。

⑦ David Kimchi（1160—1235），法国《圣经》评注者，哲学家。

⑧ Onkelos（约35—120），罗马贵族，作家，据说为犹太教律法书（*Torah*）释译 Targum Onkelos 的作者。

阿本·埃兹拉[①]诠释为罗马。”

——《炼金术士》[②]

I

有时候头脑曾经显示自己
太像是烤好了打上标签的面团
被默认的大众所瓜分。
跨越白昼层层堆叠的区隔——
跨越备忘录，棒球比分，
速记的微笑和股票行情表
煤灰色的翅膀迸出支吾之词。

头脑被麻雀翅膀擦过；
数字，被沥青回绝，挤满
昼日的边沿，加重路缘，
护送每个角落的种种黎明
去找药剂师，理发师和烟草商，
直到傍晚划分刻度的黯昧
将他们同样突然地带去某处
或许是处女地，不那么零散，阴冷。

---

① Aben Ezra（1089/1092—1167），出生于西班牙的犹太《圣经》评注者，哲学家。

② *The Alchemist*，英国剧作家，诗人本·琼生（Ben Jonson，1572—1637）所作喜剧，首演于1610年。

对于那些被不可调和之物的
爱解开的人来说维度的世界
是有的……

然而，假设某个傍晚我忘了
车资就转乘，却那样蒙混过去
并无追究，——迷失而镇定于车流间。
那时我或许会发现你的眼睛隔着条过道，
依然在忽闪着那些预兆——
浪子，现在却无人相争，
半露笑颜在抽搐的窗框之前。

总有什么办法，我想，可以触摸
你那双手，它们点数着那些
缀满了粉粉绿绿广告的夜晚。
而此刻，在它的动脉变黑之前，
我愿让你领略这被出卖的血。
在他的梦中迫近，无人更深地懂得
爱的白色圣饼脸颊，或提供文字
轻盈如月光在屋檐上遇雪那般。

万物的反射性转换
在你的深深潮红之际，当迷醉串起
四肢和肚腹，当彩虹延伸
撞击着咽喉与体侧……
不可避免，世界的身体

在新发明的尘土中哭泣那裂口
后者眨眼于其上，你双乳间的矢车菊。

大地或许会滑行晶莹剔透至死；
但若我举起手臂那是要曲身
向曾经调头而去的你，海伦，知道
被困扰的双手的摧迫，太多交替
的钢铁和泥土而难将你无尽地挽留。
我遇见你，因此，周身那最后的火焰
是你在终极的锁链中所见，那时绝非囚徒——
超乎他们那一百万只易碎，充血的眼；
白色，穿越白色的城市被传递下去以呈现
那独自降临我们每一个人的世界。

接受一只铆住你的平面的孤独之眼，
被弯折的奉献之轴沿着陪伴之途
它们搏动，持续，到无时辰的日子——
一个毫不起眼的，发光的赞美之球。

II

厚颜的催眠药在此闪烁；
欢乐在脚与脚间轮替，
对它们的颤音生出磁性。
这出彻头彻尾的滑稽歌剧，
神赐的偏离！这弹跳

从屋顶到屋顶——
须知，奥林匹亚诸神，我们屏息
正当黑鬼丘比特们穿梭群星！

一千个轻轻的耸肩平衡我们
穿越旋律咆哮的致敬。
白色阴影滑过地板
铺展如纸牌出自一只摊开的手；
有节奏的椭圆导入慢跑
直到某处一只公鸡咏谑。

要问候得天真——却勇猛
新的抚慰，新的惊奇
由短号在每一个转折引入——
而你或许跟我一起坠落下楼
带着完美的优雅和镇定。
或，忧伤地奔过岸滨
在那里，依照奇异的和声律
所有的亲属，真诚而平静，
坐在专利扶手椅上摇摆。

哦，我曾熟知金属的天堂
那里杜鹃朝燕雀咕咕叫
在鼓声的醇熟大灾难之上。
当窃笑欢呼死亡的叹息
在涡旋的遮篷下我曾见过

神圣之怪诞的古版书。
这音乐有一种令人安心之道。

负罪歌曲之泉的塞壬——
让我们将她从炽热的蜡上带走
那些细微的条纹，神经质
皆由我们继承：她依然如此年轻，
我们无法在她微笑时对她蹙眉，
浸渍在此处这场文雅风暴里
在天空花园苗条的溜冰者之间。

III

戴帽子的美之仲裁，在这条
黑暗地收窄进入汽车黎明的街上，——
你，在我身边的此处，敏锐的大使
代表被杀戮的复杂数字，后者
在细语中升起，钢铁裸露；
　　　　　　　　　　　　宗教的枪手！
此人，你自己，会忠实地过早陨落
并且另循他途而不同于风安顿
在这座城市的十六座繁荣之桥上：
让我们解开我们恐惧与怜悯的咽喉。

　　　　　　　　　　　我们甚至，
曾经驱动最迅速的毁灭

以小伞房花序的机械学构造，——
曾经催赶山风，喷吐蓄意的
咆哮穿过草地，并俯视
被损坏的空房的裂口
像牙齿毫不欢乐的老妇人
在虚弱，短暂而无用地等待着：

我们知道，永恒的枪手，我们的肉体记得
那些伸展的树枝，那些轻盈的蓝色高原，
那些就位的，源源多产的空气之城！

那片负鞍的天空摇落垂直
重演的火之戏剧——没有什么
波浪或岩石的地窖挨得过一小时。
我们并未索求，但得以幸存，
也将执着再次言说，面对
所有的断株街道，它们不曾弯
向记忆，或认识那只高举的不祥手臂
后者垂落到海伦的眉弧
以浸透祝福与沮丧。

一只鹅，烟草和古龙水——
三个插翅与金履的天国之兆
豪迈的心永远必须挥扬
并以钟声和嗓音布散，并弥补
我们应征入伍的尘土平息的阴影。

安喀塞斯[①]的肚脐，滴落着大海，——
伊拉斯谟[②]浸入闪烁潮汐中的双手，
汇聚着绽放之血与藤蔓的电压；
向上探究新酿与散落的酒，
哦时间的兄弟窃贼，我们记得的。
笑走他们的日子那贫乏的赎罪
他们不敢与我们分享被释放的呼吸，
被钻孔与消磨而无可修复的物质
给金色的，或金发的阴影。

要清晰地赞美岁月，它们易变的
受诅咒的流血的手伸展并抽打那
被想象举起超乎绝望的高度，
步伐快过讨价还价，无意之词与祈祷。

---

① Anchises，希腊神话中特洛伊战争英雄埃涅阿斯（Aeneas）之父。
② Desiderius Erasmus（1466？—1536），荷兰学者，神学家。

在梅尔维尔[①]墓前

时常在海浪之下，远离这片暗礁
他曾见溺死者骸骨的骰子遗下
一列使团。他观望时它们的数字，
在尘土的海岸上跳动，随后被隐去。

而沉船经过并无钟声，
死亡之犒赏的花萼正归还
散乱的一章，铁青色的象形文，
凶兆在贝壳的走廊间回转。

随后在一个巨大线圈的环形安谧中，
它的鞭笞被施咒，恶意被调和，
那里有蒙霜的眼将祭坛升起；
而无声的回答悄悄爬过了群星。

罗盘，四分仪和六分仪谋划的
并非更远的浪潮……高居于蔚蓝的陡崖
独唱的挽歌将唤不醒那个水手。
这不可思议的阴影惟有大海保藏。

---

① Herman Melville（1819—1891），美国作家。

航行

I

在浪涛新鲜的褶边之上
明亮条纹的顽童用沙子彼此痛殴。
他们已构想了一场征服要掠尽海贝壳，
他们的手指碾碎被炙烤的杂草断片
快乐地挖掘与抛撒。

而回应他们高音的感叹语
太阳在波浪上击打闪电，
波浪则在沙滩上折起雷霆；
而若他们听得见我会告诉他们：

哦聪明的孩子，跟你们的狗欢跳吧，
抚弄你们的海贝与杈棍，尽为
时间和自然所漂白；但有一条线
你们绝不可跨越，永远不要越过它
而将你们身体的活跃帆索托付给
一个太宽阔的胸脯那太忠于青苔的爱抚。
海底是残酷的。

II

——然而这永恒的伟大一瞬，
无边的流涌，不羁的背风而行，
六股丝锦缎[①]成片与成列，那里
她水妖般的巨腹向月弯折，
大笑我们的爱情那盘绕的变调；

占据这片海，她的音域哀鸣
于一卷卷银白如雪的判决之上，
它们的庭审时段那权杖下的恐怖
无论她的举止品行是好是坏，
撕扯一切除了情人之手的虔诚。

再往前，当圣萨尔瓦多[②]传来的钟声
向星辰的番红花光泽致意，
在她的潮汐这些猩猩木[③]草地上，——
岛屿的柔板，哦我的浪子啊，
完成她的血脉拼写的黑暗忏悔。

记下她回转的两肩如何缠绕钟点，
并且要快，趁她一文不名的富有手掌

---

① Samite，一种金银线交织的中世纪重丝织品。

② San Salvador，巴哈马群岛（Bahamas）中的一岛，据传为意大利航海家哥伦布（Christopher Columbus 1451—1506）航海中见到的第一片陆地（1492年10月12日）。

③ Poinsettia，一种美洲灌木。

经过弯曲的泡沫与波浪的题铭，——
快，趁它们真确，——睡眠，死亡，欲望，
趋近一朵漂浮之花上的一刹那。

将我们系于时间之内，哦澄明的季节，并惊叹。
哦加勒比火焰的吟游诗人大帆船，
万勿将我们遗赠给尘世的岸滨除非
在我们坟墓的漩涡中有声音回应
海豹那浪花四溅，朝向天堂的辽阔凝望。

III

无限的血亲为它所负载——
你这支轻柔的主题由光
从海的平原取回，那里天空
弃下一个被每道浪尊崇的胸衾；
当我缠卷的带状水道
被洗刷与击散而并无一划
远远来自你的侧舷，此刻向着这边
大海亦举起圣骨盒之手。

于是，获准进入黑色鼓胀的大门
它们定将阻遏此外的一切距离，——
经过旋转的梁柱与柔软的山形墙，
光在那里无休无止地与光角力，
星星吻着星星穿透波浪上的波浪直到

你摇摆的身体！

　　　　　　　而在那里死亡，若被蜕去，

并不假设任何残杀，而唯有这一改变，——

在陡峭的基底从黎明到黎明投掷

歌曲那丝般娴熟的肢体移转；

容我航行，爱啊，进入你手中……

IV

他们点数的微笑由时日构成，假设

我知道是大海的光谱与誓言

此刻广大地分离海湾于翼翅的海湾之上

它们的圈环架桥，我知道，（从棕榈到严重

冻伤的信天翁那白色的不变）

并无更伟大的爱之流水奔腾向前

而唯有，歌唱中，这一份必死

穿过泥土向你不死地涌来。

万物无可辩驳地芳香，并要求

疯狂地依照逻辑汇聚在这个时辰

和属于我们的地界里再次排列成环，

预示给眼与唇，并告知

我们六月的高坛港口与命运——

难道它们不该在我们自己的脚步里萌生又闭合

今日花翎的明亮诗节，正如我

当率先迷失在致命的潮汐中来讲述？

在那个肉色文字的标记之中
海港沉肩而顺服于混合的
共同血液里，如预知的那样蒸发
并在你的胸中加宽中午以收集
已被我的岁月捕获的所有明亮暗示
给岛屿，必定不可侵犯地指向那里的
是你双眼的蓝色纬度与水平高度，——

在这期待的，静止的惊呼里接纳
所有爱情的秘密桨叶和花瓣。

V

精确入微，经过清霜的午夜，
无可分裂而孤独，光滑有如熔铸
于一片无情的白色刀刃之中——
海湾峡口点染坚硬天空的边界。

——仿佛太易碎或太清晰而不可触！
我们被如此迅速锉平的睡眠的索缆，
已然悬起，来自被记忆的星星的细条碎末。
一个凝冻无迹的微笑……什么词语
能够扼死这道聋聩的月光？只因我们

正被压倒。现在没有哭喊，没有刀剑
能系放或偏转这潮汐的楔子，
月光缓慢的暴政，被爱
与被改变的月光……“世上

根本没有这样的事物，”你说，
知道我不可触碰你的手，亦举目
瞭望天空那并无神祇的裂口
那里无物转动唯有死的沙丘在闪烁。

“——永远都不能完全理解！”不能，
在你的亮发那整艘大商船里我不曾
梦见像这海上劫掠般无旗的事物。

　　　　　　　　　　但此刻
收回你的头来，独自一人又在这里太高。
你的双眼已在飘浮泡沫的斜坡之上；
你的呼吸被我不认识的幽灵封闭：
收回你的头来，且睡这一段长路回家。

VI

在那里冰冷明亮的城堡抬起
游泳者们早晨迷失的眼眸，
而海洋之河，搅动着，转变
绿色边界于更陌生的天空之下，

有条不紊如一只贝壳分泌
它搏动的单调之里格[1]，
抑或如众多的水域漕运太阳的
红色内龙骨越过海角的潮石；

哦向天空融汇的河流
与凤凰前胸的港口——
我的双眼黑黑地抵住船头，
——你那被遗弃与蒙蔽的访客

等待，炽燃中，何名，未被道出，
我不可索要：让你的波浪举起
比君王们的死更加凶暴，
某一只开裂的花环给先知。

更远处西罗科风[2]正收割
冬至的雷霆，潜行而去，
像一道摇摆的悬崖或一面船帆
被掷入四月最深处的日子——

造物的喜乐与有花瓣的词
给闲卧的女神当她起身

① League，长度单位，合 5572.7 米。
② Siroccos，从北非吹经地中海至南欧的热风。

屈尊允许对话以双眸
微笑传递无从寻觅的安憩——

依然火热的契约，美人岛[①]，
——铺开的飘浮讲坛之前
彩虹织起连绵的秀发——
美人岛，船桨的白色回声！

那被描绘的词，它便是，抱住
停泊在其光芒中的缄默柳树。
这就是那不可泄露的回答
它的重音无任何诀别能够知晓。

① Belle Isle，美国，英国，加拿大等多地以此为名。

桥
The Bridge

从地上走来走去，
往返而来。

《圣经·约伯记》

致
布鲁克林大桥[1]

多少个黎明，自他起伏的静息生寒
海鸥的翅膀会沉落并将他移转，
布散波动的白环，高筑起
自由[2]于身被枷锁的海湾水域之上——

随后，以不可侵犯的曲线，抛却我们的眼
幻影一般有如船帆横渡
某一页将被归档收存的数字；
——直到电梯放下我们离开我们的白昼……

我想到电影院，全景的奇诡之法
众人俯身朝向某个闪烁的场景
从未显现，却再一次被竞相争睹，
在同一块银幕上向其他的眼睛预演；

而你，在港湾对面，银光漫行

---

① Brooklyn Bridge，跨越纽约东河（East River）连接曼哈顿区（Manhattan）与布鲁克林区（Brooklyn）的悬索桥，建于1823年。

② Liberty，自由女神像（Statue of Liberty）与布鲁克林大桥同处纽约湾（New York Bay）上。

仿佛太阳踏着你的脚步，却留下了
你的跨越中从未穷尽的某个动作，——
隐隐然是你的自由在羁绊着你！

由某个地铁舱口，单间或阁楼
一个疯子急奔向你的胸墙，
在此刹那倾身，尖啸的衬衫鼓如气球，
一个玩笑从无语的大篷车中坠落。

下到华尔街，从主梁到马路中午透入，
一枚被拔的牙出自天空的乙炔；
整个午后层云飞渡的起重机转动……
你的缆索吐息令北大西洋沉静。

而隐晦如那座犹太人的天堂一般，
你的奖赏……赞美由你赐给
匿名，连时间也无法唤起：
生机勃勃的缓刑与宽恕由你呈现。

哦竖琴与祭坛，以愤怒融铸而成，
（仅凭劳作如何能校正你唱诗的琴弦！）
先知的誓言之可惊的门槛。
贱民的祈祷，和情人的哭泣，——

又一次车流的灯光抹过你迅疾的
无可分断的习语，星辰无瑕的叹息，

珠联你的道路——凝结永恒：
而我们已看到夜在你的臂弯间被托起。

在你的阴影之下，我在桥墩边等待；
唯在黑暗中你的阴影才清晰可见。
城市炽热的包裹尽被拆开，
积雪已然淹没一个铸铁之年……

哦无眠如你脚下的那条河，
拱越大海，草原的梦想之坪，
改日飞掠，降临卑微之极的我辈
并将一个至高曲率的神话借予上帝。

I

万福马利亚[①]

Venient annis, saecula seris,

Quibus Oceanus vincula rerum

Laxet et ingens pateat tellus

Tethysque novos detegat orbes

Nee sit terris ultima Thule.[②]

——塞内加[③]

① Ave Maria，基督教向耶稣的母亲马利亚致敬的传统祈祷语。

② 拉丁语："将来的岁月终有一时 / 欧西阿努斯会解开 / 锁链，一片广阔领土便将呈现 / 特提斯会发现新的世界 / 图勒将不再是地上极远之境"，塞内加《美狄亚》（*Medea*）。欧西阿努斯（Oceanus）为希腊神话中环绕世界之海洋的巨神，众多海洋女神与河神之父；特提斯（Tethys）为欧西阿努斯的妹妹与妻子；图勒（Thule）为欧洲文学中的至北之地，据传为一古代岛屿。

③ Lucius Annaeus Seneca（约公元前 4—公元 65），出生于西班牙科尔多瓦的古罗马雄辩家，悲剧作家，斯多葛派哲学家，政治家。

哥伦布
独自一人，注目
望向西班牙，
将他的探险的
两名忠实拥趸的
形影唤起

伴着我，路易·德·圣安赫尔[1]，此刻——
来作见证，趁着潮浪还未能掳走
我带来的消息，哦是你牵引我的恳求
进入女王[2]的浩瀚之心，在那怀疑的日子；
因为我已领略的事物，没有什么伪誓的吐息
无论来自小丑还是圣贤，可以掩蔽或否定；——
还有你，胡安·佩雷斯[3]，你的忠告将
恐惧与贪婪阻止，——我为你取回华夏！

此处波浪披着闪烁的甲胄漫入黄昏；
无形的海之阀门，——锁，跟键，
头顶着羽冠潜行，满布沟槽的走廊
打着哈欠回落去往又一度沉陷。
慢慢地太阳的红色轻帆船将光芒
再次播撒在我们身后……那里是早晨——
哦吾皇印度属地之所在既已显现，

---

① Luis de San Angel（？—1498），15世纪阿拉贡王国（Reino de Aragón）的司库，曾于1492年向卡斯提亚（Castilla）女王伊莎贝尔一世（Isabel I，1451—1504）恳请为哥伦布航行提供资金。

② Queen，即伊莎贝尔一世。

③ Juan Perez（？—约1513），西班牙修道士，哥伦布的代理人与宗教祭祀上的同伴。

却尽归失落，设若这龙骨顷刻屈服！

我想到热那亚；而这真相，现已证明，
曾令我被逐出她的街道，支撑着我
比以往更确凿无疑——等候月亮
直到黎明将那幽暗的边界澄清，初见
——汗[1]的广袤大陆……此刻信念，而非恐惧
激荡我近乎失神……听拍岸之浪渐近——
我，呼吸着惊奇，继续守望，——看见
第一棵棕榈徽印第一座被点亮的山丘。

便落锚。而他们跑出来朝我们大喊，
“白色的大鸟！”（哦圣母马利亚，但愿
你容许这些船中的一艘安全回航；
凭借你披风的永恒之蓝予我们保证！）
而余事的记录，源流在一个盔桶之中，
在飞掠的光桅杆之下被翻落远离我们；
随后飓风会索要更多抵押之物……
因两个世界之间的此处，另一严酷之境，

这水形的第三个，考验那讯息；看此处
困扰与骚动在堆积淹没一切的
哄笑，而暗影将睡意从心头切下
几乎就像摩尔人手中挥舞的新月弯刀

---

① Chan，中亚君王的称呼，通常作“Khan”。

斩落时发现它要刺探的不仅是肉体。
但在风暴抽打与暴食厌腻之下
一点内心的啜泣，依稀可闻，将深渊劝阻，
融合风与重重浪涛置于适当之度，

一排接一排，无穷无尽，——直到双眼
在黯黑潮水之上受饿，扩张——囊括
这旋转的整圆，这新月般的圈环
被太阳划出尖梢，被变调的火带围绕
如低语着穿过总督双手的珍珠
——然而勿怀珠宝的谵妄！哦费尔南多[①]！
占有那道东方之岸，这片西方之海，
但要施行你的上帝的，你的圣母的慈悲！

——将丰饶劫掠一空，你便会看见
以赛亚[②]在这下风处点算饥馑之数！

. . . .

一棵植物，咸齿间源流的一枝，
拉扯岸滨的凝胶海草，——或许

---

① Fernando II de Aragón（1452—1516），阿拉贡国王（1474—1504），1469年与卡斯提亚伊莎贝尔一世联姻后成为西班牙国王，称费尔南多五世（Fernando V）。

② Isaiah，《圣经·以赛亚书》中的预言家。

明天的月亮会赐给我们萨尔特斯[1]沙洲——
重回帕洛斯——一片鏖战后光复的国土[2]。
某一段奉告祈祷环绕缆索之树；
暗黑的水摇撼向前将暗黑的船艏释放。

· · · · · · ·

哦沉睡于自身之上的袮，分离
有如汪洋跨越死亡与诞生的通道，
而其间所有涡流的呼吸残忍地
怀着爱意寻找你的人之寓言，——
拷问者！不可知的消息
来自伊甸园与打着枷锁的圣墓，
进入你峭立的大草原，燃烧的蓝，
向孤独言说这航行是真实的。

谁碾磨船桨，与桅杆相争
认可舰船的燔祭，哦袮
在袮原初的审视之内无上地
漂游着一处处闪烁的恒河领地；——
袮以天电光球[3]传递问候，

---

① Saltes，西班牙韦尔瓦省（Huelva）帕洛斯港（Palos de la Frontera）附近岛屿，1492 年 8 月 3 日哥伦布在此启航。

② 1482—1491 年，卡斯提亚王国联合阿拉贡王国与格拉纳达酋长国（Granada）交战并获胜，彻底结束穆斯林统治伊比利亚半岛的历史。

③ Corposant，船只航海中遭遇雷暴时常会发生的电晕放电现象，在桅杆顶端等尖锐物体上出现火焰般的蓝白闪光。

而特内里费[1]的石榴石——在一团云中将它点燃，
透过夜晚催促我们去往汗国的旅程；——
Te Deum laudamus[2]，为你满溢的跨度！

出于时间探究的一切浩瀚，
视野里的一根针，高悬北方，——
经由推断与否弃产生，信仰
与真正的约定远离隐藏的暗礁：
这布局，它联接你的夜晚
从月亮至土星在一个蓝宝石轮中：
你曾经盘旋的双足那环形的尾迹
埃洛希姆[3]，我仍听见你回响的脚踵！

上天之授带的白色罗网，汇聚
在神圣圆环中的征帆尽被遣往遥远
缄默的闪烁田野与低垂火热的
知识之麦，——围起你此刻除去帽兜的额头
——燃烧的冠冕！为两极接纳
被满帆斜穿，子午线环绕
祢的意旨——仍有一道岸超乎欲望！
大海绿色的哭泣之塔在摇，彼端

---

① Teneriffe，大西洋中的火山岛，加那利群岛（Canary Islands）的最大岛。

② 拉丁语："神我们赞美祢"，天主教谢主辞。

③ Elohim，希伯来语《圣经》中对唯一神的称呼（尤指以色列的上帝），有时亦指复数的神。

与诸王国

赤裸在那

颤抖的心里——

Te Deum laudamus

哦祢的火焰之手

Ⅱ
坡瓦坦[1]的女儿

"——坡卡洪塔斯[2]，一个容颜姣好却任性的小姑娘……年约十一二岁，领着男孩们跟她一起到市场上去，让他们翻跟斗，双手着地，脚跟上举，她会照着样子，自己也这么翻起跟斗，始终赤身裸体，在整个易货站上。" [3]

港口黎明

持续不断地透过睡梦——一道声音的潮水——
它们遇见你在你梦的中途倾听，
那漫长，疲惫的声音，被雾隔离的喧嚣：
白袍披挂的铜锣，身裹尸衣的哀鸣，
远方雾角的乱奏……帷幔下散落的信号。

400 年
有余……还是
始于
睡眠那
无声的海岸
时间

① Powhatan（1550？—1618），弗吉尼亚有潮水域（Tidewater）印第安人部族阿尔冈昆人（Algonquin）的酋长。

② Pocahontus（约 1595—1617），坡瓦坦的女儿，1613 年被英国殖民者绑架以索要赎金，在被囚期间皈依基督教，1614 年与殖民者约翰·罗尔夫（John Rolfe，1585—1622）结婚并改名为丽贝卡·罗尔夫（Rebecca Rolfe）。

③ 出自英国作家斯特拉契（William Strachey，1572—1621）所著《英属弗吉尼亚远征史》（*Historie of Travaile into Virginia Britannia*，1615 年）。

而此刻一辆卡车会隆隆驶过码头
当绞盘引擎开始在某个甲板上悸动;
或是一个醉酒装卸工的嚎叫和下面的闷响
回荡而来沿巷道向上穿过黯淡的积雪。

而即使它们有时拿走你的睡梦
它们会再将它交还。声音的柔软衣袖
照料沉沉黑暗的港口，安枕的海湾;
在那边某处的空茫之中蒸汽

溅入蒸汽，并且徘徊，被冲走
——被尖利的笛啸所扰，涡旋
于遥远和鸣的浮标之间——源流。天空，

凉而被羽的折叠，垂悬，蒸馏
这摇摆的睡眠……慢慢地——
无可追忆地那窗子，那遮没一半的椅子
所求的不过是这把苍白空气之鞘。

而你与我同在，此刻领受了祝福当汽笛
向我们歌唱，暗暗将我们织入白昼——
此刻一派安详，在白昼认领我们的眼以前
你清凉的臂膀低语呢喃将我环拢。

当雪的千万只手正簇集在窗格之上——

召唤你回返
你的爱，
那里在一个
苏醒的梦里
融合
你的种子

你的手在我的手中是为美事；
我的舌在你的喉上——歌唱着
臂膊围拢；眼睛睁大，毫不怀疑
　　　黑暗
　　　　　畅饮黎明——
一片森林在你的发间战栗！

——跟谁？

窗子慢慢化为淡金。如霜般澄明。
从独眼巨人的塔楼横越曼哈顿的水域
——两——三只明亮的窗眼闪烁，圆盘
太阳，被释放——半空中携寒鸥而至。

雾霭倾侧最后一刻在窗台之上。
在梦的槲寄生木下面，一颗星星——
仿佛要在某座远山加入我们——
回身拐进苏醒的西方就去睡了。

那黎明时
跟我们一起
的女人
是谁？……
我们的脚
移行于
其上的肉
是谁的？

凡·温克尔[①]

碎石路，枪械灰如吞拿鱼带，

① Van Winkle，美国小说家、历史学家欧文（Washington Irving，1783—1859）短篇小说《里普·凡·温克尔》（*Rip Van Winkle*）的主人公。

从远洛卡维[1]跃向金门[2]：
听！里程被一架手摇风琴碾磨——
金色的降琶音英里复英里地展开。

街道延伸
经过商店与
工厂——被
阳光所加速
而她的
微笑……

曾几何时，当你匆匆赶往学校，
——同一个钟点虽是后来的一日——
你与一本习字簿里的皮萨罗[3]同行，
而科尔忒斯[4]骑马上前，勒紧缰绳——
坚定如咖啡抓住滋味，——然后离开！

那里有普莉希拉[5]的脸颊在风中靠近，
和史密斯舰长[6]，一脸胡须与确信，
和里普·凡·温克尔在路上鞠躬，——
“这是睡谷[7]么，朋友——？”而他——

---

① Far Rockaway，纽约州洛卡维半岛（Rockaway Peninsula）东部一地区。

② Golden Gate，连接旧金山湾（San Francisco Bay）与太平洋的海峡，亦是其上的悬架桥名。

③ Francisco Pizarro（1475—1541），毁灭南美洲印加（Inca）帝国的西班牙征服者。

④ Hernán Cortés（1485—1547），毁灭今墨西哥中部阿兹台克（Aztec）帝国的西班牙征服者。

⑤ Priscilla Mullen（约 1602—约 1685），英国殖民者阿尔登（John Alden，约 1598—1687）的妻子，美国诗人朗费罗（Henry Wadsworth Longfellow，1807—1882）叙事诗《迈尔斯·斯塔迪什求婚记》（*The Courtship of Miles Standish*）中的人物。

⑥ John Smith（1580—1631），英国探险者，殖民地总督，作家，美国新英格兰地区（New England）的命名者与海军上将。曾被波瓦坦的部落俘虏，据传是坡卡洪塔斯劝说坡瓦坦将他释放。

⑦ Sleepy Hollow，出自欧文小说《睡谷传说》（*The Legend of Sleepy Hollow*）。

而里普忘掉了上班时间，

他也忘掉了薪水；

凡·温克尔打扫一间公寓

就在 A 大道[1]那边，——

像记忆，
她是时间的
旷课者，会
抓着你
的手……

磨盘风琴[2]说……记住，记住
后院尽头的那一堆煤渣
我们用石头砸死了下面那窝
小束带蛇[3]……而那些单翼机
被我们放飞——有纸的翅膀和拧紧的
橡皮筋……回想——回想

迅急的舌头

从灰堆的下面飞掠，一日
复一日，无论你的棍子何时发现了
阳光曝晒的某一英寸毫不起疑的纤维——
它便在你的刺戳下回闪，洁净如火。

而里普慢慢地觉察到

他，凡·温克尔，不在这里

也不在那里。他醒来发誓说他见过了百老汇[4]

---

① Avenue A，位于纽约曼哈顿东南突出部最西端。

② Grind-organ，即手摇风琴。

③ Garter snakes，一种有纵向条纹的无毒蛇。

④ Broadway，纵贯纽约曼哈顿的大街。

五月里一枚卡斯基尔[1]雏菊花环——

因此记忆，敲响一段出自盒中的韵律，
或绽放一股随意的花香透过玻璃窗——
它是不是那根剥取自丁香树的鞭子
一个春日里被我父亲握着奔我而来，
或者是不是那安息日的，无意识的微笑
有一回我母亲几乎从教堂里带给了我
并且只有一次，如我回想——？

它曾闪烁着透过雪幕，盲目地
它将她弃在了门口，它离去
是在我离开窗户之前。它
没有带着门厅里的亲吻回返。

碎石路，枪械灰如吞拿鱼带，
从远洛卡维跃向金门……
拿好那五分镍币当零钱坐车，里普，——
你收到你的“《时代》”了么？
快点吧，凡·温克尔——天色将晚！

河

把你的专利名称贴在一块告示牌上

---

① Catskill，纽约州山脉。

兄弟——贴满——往西去——年轻人
汀泰[1]——贾帕拉[2]——式坦迪[3]工装
广告……
我的天！在被撕开的新节目单下
在那个必定的角落——看见伯特·威廉
斯[4]什么的？
巡游歌手[5]你们偷一只鸡的时候就
把翅膀留给我吧因为它若不是
埃利[6]就不会走多少英里围着一盏
马兹达[7]——而电报之夜前来乘着托马
斯[8]

……而经过
喧嚣和
这一年的
口号——

一辆爱迪福特[9]——呼啸一路沿着铁轨
一枚车头灯挟鸣声疾驰——你能
想象么——当一列快车令时间有如
科学——商业与圣灵
无线电在每一个家中咆哮我们有北极

---

① Tintex，家用染色剂品牌。

② Japalac，木制家具除污剂品牌。

③ Certain-teed，建筑材料公司名。

④ Bert Williams（1874—1922），巴哈马裔美国喜剧演员。

⑤ Minstrels，音乐歌唱团演员（通常由白人扮演黑人）。

⑥ Erie，美国东北部于1832年至1960年间运营的铁路。

⑦ Mazda，美国通用电气公司（General Electric）于1909年制造的白炽灯泡品牌。

⑧ Thomas，或指美国发明家托马斯·爱迪生（Thomas Edison，1847—1931）。

⑨ Ediford，或为爱迪生（Edison）与福特（Henry Ford，1863—1947，福特汽车公司创始人）的结合。

华尔街和处女生殖无需石头或

电线或者甚至流淌的小溪联接耳朵

再不用布道窗口闪光咆哮

慑人心魄——如你所愿[①]……嗯？

　　　　　　就这样 20 世纪——这样

嗖嗖的直达专列[②]——呼啸而过并留下

三个人，在铁轨上依然饥饿，疲惫不堪地

望着尾灯凋萎与汇聚，滑动

着钻头打钻一样干净利索地跑出视野。

. . . .

最后一头熊，被射杀时在达科他州际[③]饮水

在跨越山溪的电线之下阔步奔行。

敏锐的器具，以一种巨大的精确串起

维系城与城，梦与嘀嗒的梦。　　　　给那些

但有些人喝起酒来很慢——并且计数　　地址从来

——尽管他们不会求告串珠与线团——　　不近的人

那河的分秒，以远溪的岁月。

在一个汽笛，电线与蒸汽的世界之下

乘务厢般它们一路沉思着穿越

---

① “As you like it”，或指涉莎士比亚喜剧《皆大欢喜》（*As You Like It*）。

② The 20th Century Limited，1902 至 1967 年运营的纽约与芝加哥间通宵卧车。

③ Dakotas，指南达科他与北达科他两州。

俄亥俄，印第安纳——盲目的行李——
标记着去夏延[①]——或许卡拉马祖[②]。

时间的撕裂，时间的混合被他们诠释
为火与雪的最终结算；
奇怪的乌思乱想，像他们提供的
无墙之风的基本意旨，低唱着
《我的肯塔基老家》[③]和《卡西·琼斯》[④]，
《阳光明媚之日》[⑤]。我听见一支铁路帮[⑥]这么吟唱。
之后，长着双小雄驹的眼睛，一个人说道，
“天呐！哦我想念西瓜的日子！”而疾驰
乘着高入云天的一腔欢乐，回忆
“——而当我阿姨萨莉·辛普森[⑦]微笑，”他拖长音——
“几乎就好像是路易斯安那，很久以前。”
“不过没什么地方比得上布纳维尔[⑧]，伙计，”
一个人说，从他的背心上摘掉最后一根芒刺，
“——对早上钓鲑鱼来说。”然后凝望着罐头，

---

① Cheyenne，怀俄明州首府。

② Kalamazoo，密歇根州西南部城市。

③ *My Old Kentucky Home*，美国歌曲作者福斯特（Stephen Foster，1826—1864）所作民谣。

④ *Casey Jones*，20世纪初由铁路工桑德斯（Wallace Saunders）以流行歌曲《吉米·琼斯》（*Jimmie Jones*）填词写成的民谣，以纪念他的好友，因试图阻止列车相撞而死去的机车员卡西·琼斯（1863—1900）。

⑤ *Some Sunny Day*，美国作曲家，歌词作者柏林（Irving Berlin，1888—1989）所作歌曲。

⑥ Road-gang，派去修路的囚犯。

⑦ Sally Simpson，克兰一家在古巴松树岛（Isle of Pines，今名Isla de la Juventud）的乡居的管家。

⑧ Booneville，密西西比州东北部城市。

“——但我一直都在轨道上。” 淡定，认命，
他忧心忡忡地踩灭了篝火又咧嘴一笑，
展开一腮胡髭的干枯砂砾……

以前在
我父亲的罐头工厂[1]后面我常看见
蹲铁路的家伙以流浪者的逗趣排成一排，
那些古老的人——无妻或逃跑的
游民跋涉者们永远在寻找
一个货车与铁轨的荒野帝国。
人人似孩童，像我，在一个散漫的栖落处，
紧抓着童年像是某种无时限的游戏。
约翰，杰克或查里，蹿上慢行货车
——孟菲斯[2]至塔拉哈西[3]——乘着底梁[4]，
无物的瞎拳头，亨提敦提[5]土块。

然而他们触到某物像是一把钥匙大概。
一杆接一杆穿山过岭，横越各州
——他们领略辽阔大雨下的一具身体；
目如峡湾的少年，年老的堕落者们
一嘴赛马场的行话，——点缀着浩瀚
他们潜伏着将她穿越，认识她远方的酥胸

但谁曾
触摸过她，
认识她
不知姓名

---

① 克兰的父亲在俄亥俄州华伦市（Warren）有一座枫糖罐头厂。
② Memphis，田纳西州西南部城市。
③ Tallahassee，佛罗里达州首府。
④ Riding the rods，钻在车厢下的底梁上偷乘列车。
⑤ Humpty-dumpty，英国童谣中的人形鸡蛋，掉落在地就再难拼合。

披银带雪，漆树点染或烟霞映蓝——
经过了山谷卧车[1]，南行或北行。
——当我也已艰难行过传说的午夜，

经过纤薄灯焰的迂回之路
（哦将我带到她的裸体边的夜晚！）
曾经梦想超越那束缚她名字的印记。
列车鸣响释放那漫长的暴风雪——我听见
哀号进入我知道是属于她的远方。
在风的长长鬃毛上哭喊的印第安婴儿
尖啸着逃出了大脑的红皮王朝，
死去的回声！但我知道她的身体在那里，
时间如一条巨蛇爬下她的肩头，暗黑，
而空间，一只小鹰的翅膀，落在她的发
　　上。

在以铁山[2]为顶冠的欧扎克斯[3]脚下，
古老的众雨神身裹池塘而卧
那里无眼之鱼腾跃一处沉陷的泉
并带着来自暴躁乌鸦的谷物再次落下。

亦不知
她父辈的
神话……

---

① Valley sleepers，或指俄亥俄山谷铁路公司（Ohio Valley Railroad Company）的卧车。
② Iron Mountain，美国内战前为铁矿开采地。
③ Ozarks，密苏里州东南部的山脉。

此种窃盗补偿他们永恒的放牧权，
慰抚他们只因他们的林木尽已沦丧
于铁，铁——永远是以铁开凿的裂隙！
他们此刻倦眠，在斧头与火药角筒之下。

而普尔曼[①]早餐侍者们滑着闪烁的钢
从隧道进入田野——黑铁迈过露水——
跨越山岭，一支轮上之轮的舞蹈。
你在西斯基尤山[②]作一次半小时的等候，
或逗留当晚再乘下一班列车过去。
向南，途经开罗[③]附近，你可以看见
俄亥俄河汇流[④]，——往田纳西而去；
而若是在夏天，太阳已近薄暮
或许微风会将河的麝香挑起
——仿佛河水低吟着你说不定知道的
《孟菲斯强尼》，《蒸汽船比尔》，《密苏里乔》[⑤]。
哦，倾身探出窗口，假如列车慢下来，
仿佛你与某个古代的小丑两手相触，
——心不在焉地朝下面凝望片刻
在他们走时和他们一起哼唱《深河》[⑥]。

---

① Pullman，以美国工程师，产业家普尔曼（George Pullman，1831—1897）命名的豪华列车车厢。
② Siskiyou，加利福尼亚州北部与俄勒冈州西南部的山脉。
③ Cairo，伊利诺斯州南部城市。
④ 俄亥俄河在开罗附近汇入密西西比河（Mississippi）。
⑤ *Steamboat Bill*，*Missouri Joe*，均为 20 世纪初的流行歌曲。
⑥ *Deep River*，18 世纪中后期的黑奴灵歌。

是的，再转过身重嗅一次——察看，
哦治安官，司闸员和当局——
扯起你的裤子再多嚼一板烟草吧，
因为你也无时无刻不以河为生。
并无几人躲得过他们命数的总和；
他们永远从微笑里现出怪诞之相。
我可以相信他在天堂门前玩笑——
丹·米德兰[①]——从冷刹车杆上颠落。

往下，往下——天生的开拓者们对时间不
屑一顾，
通向一条古老河川的污秽支流——
他们以自身无常的苦难赢不来任何疆界，
而是在沉寂中源流，如来自约旦山脊。

你不会听见它有如大海；连石头
也不更为引力所噤声……但却缓慢，
因厌憎收取更多的贡品——俯身滑行
像一个人，他的双眼被埋葬已久

这条河，漫溢，流淌——将你的梦耗尽。

---

① Dan Midland，一个偷乘货车摔死的流浪汉。

你是什么，迷失在这无潮的时段之中？
你是你父亲的父亲，而那水道——
一支流音主调飘浮在黑鬼的波澜之上。

潮湿的吨位与白昼的冲积行进——
夜晚浑浊，血脉里是淤塞的页岩
与冰碛泥土屈身低伏的根：
密西西比河啜饮最遥远的溪谷。

哦采掘的激情，回潮的阳光！
玄武岩表面拖引一派丛林的美景
赭石色与猞猁条纹，以绵延不绝的威力；
耐心点！你便将抵达那居留之地！

在德·索托[①]的骨骸之上运货的船板
隆隆开过传说中三个王位的城市[②]。
密西西比河奔流而下再多两个弯
（未几高头铁甲[③]自咸水湖逆流而上）

并在自身之内流淌，任由自身堆积。
一切消失仅一条细细的天际线环绕……前面

---

① Hernando De Soto（约1500—1542），西班牙探险家与征服者，1542年死于密西西比河西岸。因他曾诓骗印第安人说自己是不死的太阳神，其手下以毯裹尸连夜将他沉入河中。

② 指新奥尔良（New Orleans），曾连续成为法国，西班牙的领地，后又重为法国领地，直到1803年被售予美国。

③ Ironsides，美国内战时的铁甲战舰。

没有谁的怀抱敞开除了那刺人的大海；
那条河从它长长的河床里抬起自身，

完整悬停在它的梦境之上，一道芥末光芒
被历史拷问，它唯一的意志——流淌！
——受难曲在宽阔的舌上延伸，哽咽而缓慢，
遇见海湾，和撒那[1]无声低回。

舞蹈

那迅疾的红肉，一个冬日之王——
是他护送着冰川之女由天空降临？
她整个春天跑遍了所有嘶鸣的峡谷；
她喷涌手臂；她随玉米升起——去死。

而在秋季旱灾里，她被擦亮的手
以采矿般的谨慎发现了石头
在被遗忘的祷辞流淌岩台土沙之处？
他据有曙光那黯淡，恒久的王座。

神话的山眉我们眼见在后退——厌憎，
不安而注定，进入更浓深的绿。
问候中它们催促着我们，依照箭的誓言：
此刻什么样的岁月无可救药地介于……

那么你应该
真的看见她
——你的血
在回忆
它遭受
她的隐秘的
第一次入侵，
它与她的
亲族的
第一次相遇，
她的酋长
情人……他那
出没于
湖山间的阴魂

---

① Hosannas，《圣经》中表示崇拜，赞美，喜悦之语。

曾有一堆树叶，和中断的游戏；
曾有一层纱在你身上，坡卡洪塔斯，新娘——
哦公主，棕褐的膝头曾是处女五月；
而新娘的腰窝和双眼曾将赭色的尊严藏起。

我离开了村子去找茱萸。乘着
磨坊水流下拖行的独木舟，我看得见
你的头发那热切的新月在跑，而傍晚
第一只蓝色的飞蛾悄无声息地展翅。

是什么笑的锁链被流水编织与摇荡！
我学会了捕捉鳟鱼的月之低诉；我
源流了多少个钟头我从不知晓
但凝望中，却见那短暂年轻的新月死去，——

而一颗星，摇摆着，占据其位，孤独，
在山岭隘口的落叶松之间被棒起——
直到，不朽地，它血一般渗入黎明。
我离开我啮咬着岸草的光滑之舟……

我取陆路攀登，然后选择了
一道更远的山谷分水岭；我不可停止。
双脚冒出向上涌流的水网；
一袭白纱恰从那山顶劲吹而至。

哦阿巴拉契亚之泉！我登上岩脊；
陡峭的，难以接近的微笑，弯折向东
然后向北抵达那支紫色的楔子
阿迪朗达克群山[①]！——扎成天蓝色棍杖，
在多少断壁，小湖，溪流之上我飞驰！
——知道自己在某个预兆的阴暗处：——
灰色的锥形帐篷缀满前方的蓝色圆丘，
烟雾盘旋穿过黄色栗树林间的空地……

一朵遥远的云，一枝雷霆之芽——它生长，
那重重天空的巨毯：有衬垫的脚掌
在内，——我听见了它；直到它的节奏移行，
——将黑池从心的赤热根里虹吸而出！

一道旋风盘扭在涡轮的顶冠之中，
将鹰的羽毛扯下你的背脊；
须知，马库凯塔[②]，问候；须知死亡最好；
——倒下吧，酋长，如落叶松般绝对！

一棵桦树屈膝。她呼啸的手指飞尽。
橡树丛在一场叶的崩溃里盘旋；
一支舞蹈的漫长呻吟在天空之中。

---

① Adirondacks，纽约州东北部山脉。

② Maquokeeta，见克兰致温特斯（Yvor Winters）信（1927 年 1 月 19 日）：“我是随意选的这个名字，不过是来自一个纽约出租车司机的口传……他说他的印第安名字是马库凯塔”。

舞吧，马库凯塔：坡卡洪塔斯悲伤……

而每一根肌腱都疾转向闪电的
弦音，呈三角直下你的军刀之发。
此刻燧石在每颗牙中叩响；红的獠牙
与分叉的舌头细细地侵扰蓝的空气……

舞吧，马库凯塔！活在之前的蛇，
蜕下自己的皮，并活到彼世的蛇！芽，角！
火花，牙齿！医师，为善，恢复吧——
向我们撒谎，——将我们舞回部落之晨！

枪矛与聚合之众：黑鼓推进向前——
哦呐喊的雉堞，——我亦曾为君王
之于梳刷每一根脉动之骨的彩虹：
超越了那境遇，舞出了那围困！

并戴着秃鹫头箍，从火柱上尖啸；
我无法将那些箭从我的身侧拔下。
缠裹在那团火中，我见更多的护卫醒来——
闪闪烁烁，像一派潮水冲上山堤。

我听见熔岩的静默在与你的手臂相搏，
麋鹿之牙吐沫环绕乌鸦的咽喉；
天堂的火焰瀑布灼热地排山倒海
将你的脚镯送入夕阳的壕沟。

哦，就如同那只狂怒正午的蜥蜴，
在阳光里抛下他的腿脚与颜色，
——并大笑，纯粹的蛇，时间本身，和他
自身命运的月亮，我看见你的变化开始！

并且看见你投身去亲吻那命运
像一颗白色的流星，超凡入圣而又
终与完美和自由的一切相融
于此，最初与最后的众神守护你的帐篷之处。

. . . .

注入了闪电的筋力，雷霆为履而瘦削，
看吧，穿透怎样的无限季节你谛视——
越过你愤怒的被屠戮者怎样的露营地，
眼见你的新娘在玉米地里永世不朽！

图腾与火的伤口，沉睡的金字塔——
哪怕别的历书此刻将天空堆满，
你的自由是她的赏赐，王子，并藏在
你最熟悉的路径上来向她索取。

高踞于拉布拉多之上太阳击散
她无言的雪之梦，又再一次搅动，
她是洪流与那一株歌唱的树；

她是处女，之于男人的最后遗存……

向西，向西再向南！坎伯兰[①]山上的风
与横越伊阿诺[②]草地的风恢复
她发际温暖的呲音。风吹她的双乳
哦斜坡边的溪流与葡萄园——入于绽放！

而当驯鹿俯下身来找盐的时候
箭会不会口渴与跳跃？鹿角会不会发光
警觉，被星星触动，置身倾听的黄昏
之拱室？——她完美的额头是否抵住了你的？

我们跳舞，哦勇者，我们跳舞越过他们的农场，
在钴色的沙漠禁闭中立下我们的誓言……
此刻是强大的祈祷拢在你的臂弯，
那条巨蛇与树枝间的老鹰为伴。

印第安纳

……并读懂她于
一个母亲的告别
凝望中。

牵牛花，长长地攀缘着早晨
　　乘着它细丝的藤蔓越过门楣，
在黄昏前闭合，蜷曲在它的歌里
　　　　当我结束我的歌……

---

① Cumberland，阿巴拉契亚山脉东南部山系。
② Llano，指南美洲的平原。

而野牛雷霆不再划破我的幻梦
　　如我的子宫曾被撕裂，我儿，当你
将你的第一声啼哭释放在草原门前……
　　　　　　你的父亲知道

那时，尽管我们已将他埋葬在身后，远
　　在黄金小路上——那时他遗落的骸骨悸动……
但丢下镰刀抓起船桨的你
　　　　　并不知道，也不曾听见

我们也曾如何，浪子啊，也曾走上歧路——
　　挥手向发源之山道一声快乐的再会……
我们发现上帝在科罗拉多那里慷慨无度
　　　　　却行径诡诈。

鹅卵石歌唱，火猫悄悄溜走
　　而经由懒惰的洪水闪烁而来
乘着淤泥里释放的金色音节
　　　　　他闪耀的名字。

一个叫做黄金国[1]的梦便是他的城，
　　它跟随着金块摇摇晃晃地升起，

---

[1] Eldorado，源自西班牙语“El dorado”，意为“黄金之人”，指哥伦比亚土著穆伊斯卡人(Muisca)的国王，以金裹沉入瓜塔维塔湖(Guatavita)行祭之人，后被用以指称黄金宝藏所在的神秘城市或国度。

它并无执照却有一顶应许的皇冠
来自下了注的矿权。

但我们，——太晚了，太早了，无论怎样——
从五九年[①]——那些岁月——什么也没赢到
除了镀金的承诺，从未向我们产出，
与贫瘠的眼泪……

漫长的归路！我蜷缩在马车帐篷
的荫蔽之下朝外窥望一眼就看见
佝偻向西，骑着匹蹒跚的驽马经过
一个无家可归的番女[②]——

也许是个混血。在瘦削的背脊上
她挎着一个婴儿的身体，骑行无缰。
她的眼，对一个印第安人来说很怪，不是黑的
而是锐利中带着痛苦

有如双子星。它们似乎在躲避我们
所有沉默之人——长长的队列——的凝望
直到她看见了我——当紫色的薄雾
随爱的光亮点燃……

---

① 指 1859 年科罗拉多淘金热。
② Squaw，美洲印第安妇女。

我将你拦下——我突然变成更勇敢者，
　　知道单纯的言词本不可能将我们拉得更近。
她点头——而那越过她肩头的微笑
　　　　　仍将令她被爱慕

只要吉姆，你父亲的记忆，是温暖的。
　　是的，拉里，此刻你正欲前往大海，记住
你是第一个——在尼德与这座农庄之前，——
　　　　　初生之儿，记住——

而自那时以后——吉姆留给我的一切
　　他的人，像我的，都出自箭头。
而你是唯一眼睛像他的人——
　　　　　肯塔基的族类！

我伫立着，我老了，我一半是石头！
　　哦，把我留在那双眼睛迷人的蓝色里；
那里是执着的岁月闪耀与平复的所在，——
　　　　　黄金千真万确的所在！

沿着昏暗的收税路去到河的边缘——
　　也许我会听见牝马的蹄子踏上浅滩……
从里约给我写信……你会信守你的保证；
　　　　　我知道你的诺言！

回到印第安纳来——不要太晚！

（还是你要做个漫游者直到最后？）

再见……再见……哦，我会永远等待

你拉里，旅行者——

陌生人，

儿子，

——我的朋友——

Ⅲ

短衬衫[①]

哦，老旧的橡木舰队

哦，勇武[②]已不再！[③]

——梅尔维尔

我在南街[④]遇见一个人，高大——
一枚神经质的鲨鱼牙齿摇摆在他胸前。
他的双眼逼视透过绿色的玻璃
——绿色的玻璃瓶，或是酒吧的灯光令它们
如此——
闪耀——
绿色——
双眼——
迈步走出来——忘了看你
或者把你甩下几个街区——

---

① Cutty Sark，19世纪英国运茶快帆船名，亦为1923年开售的苏格兰威士忌名。

② Temeraire，英国战舰，以“战斗的勇武号”著称，曾在1805年特拉法尔加海战中立下战功，1838年随橡木舰被铁甲舰取代而报废。

③ 梅尔维尔“勇武”（Temeraire），出自《激斗篇章与战争面面观》（*Battle-Pieces and Aspects of the War*，1866年）。

④ South Street，下曼哈顿的海港。

在投镍币入槽口的钢琴里慢奏
"斯坦布尔夜"[1]——编织着某人的镍币——歌唱——

哦斯坦布尔玫瑰——梦编织玫瑰!

利维坦[2]的低语由他诉说,
朗姆酒是我们脑袋里的柏拉图……

"那是 *S.S.*[3] 阿拉——安特卫普——现在要记得孩子
三点把我叫醒她要准时出航。
我不再搞得清楚时间值班
瞭望也两眼惺忪有时会打盹——"他骨瘦的手
打起拍子……"曾经是一个捕鲸人——
我应该保持节奏挺过去——我是一个
民主党人——我知道现在是什么时间——不
我不想知道现在是什么时间——那
该死的白色北极杀掉了我的时间……"

哦斯坦布尔玫瑰——鼓声编织——

"我在那里开一架驴子机车,就在
巴拿马运河上——厌倦了这事——

---

① "*Stamboul Nights*",美国作家德怀特(Harrison Griswold Dwight,1875—1959)短篇小说集的书名。"斯坦布尔"即"伊斯坦布尔"(Istanbul)。
② Leviathan,《圣经》中象征鲸、鳄鱼或魔鬼的海怪。
③ "Sailing Ship"(帆船)的缩写。

然后在尤卡坦[1]销售厨具——珠子——
你见过坡坡卡忒佩特尔[2]吗——无鸟的山口
有灰烬飘洒而下——?
然后又是海滨……”

“斯坦布尔的玫瑰哦珊瑚女王
城市枯骨被嘲弄的残余——
与长廊，水腹熔岩的长廊
咆哮的石头——绿——鼓——淹溺——

唱吧!
“——那喷气孔!”他伸指朝门外射了一枪……
“哦生命是一口间歇泉——美啊——我的两肺——
不——我不能活在陆地上——”

我看见他脑海的条条边界在闪耀。
或者有没有边界——有时是流沙
流沙——在某处——沙子奔流……
又或许他们会启动某一台会唱歌的白色机器。
于是你便可以大笑着舞动轮轴——
钢——银——脚踢那些印迹——并且知道——

亚特兰蒂斯[3] **玫瑰**鼓声环绕玫瑰，

---

① Yucatan，墨西哥东南部半岛与自治州。
② Popocatepetl，墨西哥中部的活火山。
③ Atlantis，传说中沉入大西洋的岛屿。

那颗星漂浮在一个泪水的海湾中燃烧
又再沉睡一千——

无尽无休

远自某人的镍币——停止了——
演奏——

一阵风烦扰那些柳条般整洁的翻领，那些
激荡的夏季通往更凉爽地狱的入口……
外面一辆码头卡车差点把他撞倒
——他沿保华利路[1]疾奔而上，当黎明
正将自由女神像熄灭——那支
属于她的火炬你知道——

我开始步行回家穿过大桥……

. . . .

烂漫的扬基虚荣，螺角的妖精，插翅的
英国式妙语反诘，技艺
熟练的野蛮海女
在春天里盛开——拉升，编织
那些由贸易风驱策的明亮设计……

---

① Bowery way，位于曼哈顿南端。

甜蜜的鸦片与茶叶，唷——嗬！
分币投给沿龙骨排开的鼠海豚！
鳍翼扇起微风将日本环绕！

明亮的天帆标识着航线，眨眼拐过合恩角[①]
到旧金山，墨尔本……
三角旗，抛物线——
快帆船的梦总也抹不去，无尽延伸，
堂皇的白在幸运的蓝之上！

恒久常新的－短－犒赏满载的－衬衫！

温泉关，黑王子，飞云[②]穿越巽他[③]
——水沫披肩，它们的肚腹转向绿色的旷野，
囿于风的情绪，延续它们东行的里程；

在爪哇头[④]将索夹清洗加固
（甜蜜的鸦片与茶叶！）
然后转身将我们留在背风处……

篷缆扭结（91天，20小时并且落着锚！）

---

① Horn，南美洲最南端。
② Thermopylae，Black Prince，Flying Cloud，均为快帆船名。
③ Sunda，马来群岛西部的一组岛屿。
④ Java Head，印度尼西亚爪哇岛最西端的海角。

彩虹[1]，利安德[2]

（最后的航行是个悲剧）——你会在何处

幻云[3]？你对垒二敌[4]——

一条长长的系帆索坚守——

太平？

爱里尔[5]？

① Rainbow，快帆船名，在第四次航行去中国的途中失踪。

② Leander，快帆船名，1853 年 11 月在澳大利亚海域沉没。

③ Nimbus，快帆船名。

④ 指 1866 年从中国贩运茶叶至英国的快帆船间的非正式“茶叶大赛”（Great Tea Race），以最先将当季新茶运至伦敦码头者为胜。

⑤ Taeping，Ariel，均为快帆船名，在 1866 年茶叶大赛中太平号以 28 分钟险胜爱里尔号。

Ⅳ

哈特拉斯角[1]

重重大海皆已横越，

岬角风化，行程已毕……[2]

——华尔特·惠特曼

不可度量那恐龙
缓缓下沉，
那猛犸似的蜥蜴
食尸鬼，那东方的
海角……
当沿海岸的山脉在西面升起，
慢慢地那片静土——
星核的燃烧——背侧的
能量变化——沙子的痉挛移位……
但我们，绕过海角的人，那些岬凸
怪异之舌改变浪涛讯息的所在
在灰色的城堡之下，向群星重述着
古老的名字——回家去往我们自己的

① Cape Hatteras，北卡罗来纳州东海岸沙洲哈特拉斯岛的海角，因常有飓风和沉船而有“大西洋坟场”（The Graveyard of the Atlantic）之名。

② 惠特曼“印度之旅”（Passage to India），《草叶集·秋溪》（*Leaves of Grass: Autumn Rivulets*，1891—1892 年）。

炉台，到那里吃一只苹果并回忆
吉卜赛人在马赛送给我们的歌
或是牧师行走的样子——缓缓地穿过孟买——
或是读你，华尔特，——知道我们身陷

于那深深的惊叹，我们土生的泥
它深处的红，坡卡洪塔斯的永恒血肉——
那些大陆里折叠的万世，超载了
甜蜜于起重机，烟囱，隧道之下——
以时间真正许诺给我们的一切为脉络……
而由上方传来，无线电扰流那细微的啸鸣，
我们耳中被捕捉到的空间泡沫的烟汽——
主桅之上遥远守望的何种低语
重又陷入沉默，当时间澄清
我们的水晶体，提升一个焦点，恢复
一架潜望镜以窥看何种快乐或痛苦
可为我们的眼睛分享或回应——然后引偏
我们，岔往一座沉没的迷宫
各人在此只看见自己晦黯的往昔反转……

但那星光闪耀的无限之浅盘，
那圆环，无尽空间的盲目坩埚，
被运动所冲洗，——永远不可征服。
亚当与亚当在林中的答语
让黄昏星倒映在明净的池中。
现在老鹰主宰我们的日子，身为

暧昧之云的裁判。我们知道那刺耳的
君王翼翅的法则……空间，转瞬即逝，
闪烁一刹那，将我们消灭在它的微笑里：
天际线上的一闪——换挡——
而我们有欢笑，或更多突然的眼泪。
梦想取消梦想在这事实的新领域
我们自其中苏醒而进入行动的梦境；
看见自己是一粒原子在一块裹尸布里——
人听到自己是一架引擎在一片云中！

“今后岁月的记录者们”[①]——啊，信仰的音节！
华尔特，告诉我，华尔特·惠特曼，倘若无限
依旧毫无二致，恰如那时你走过海滩
靠近保马诺克[②]——你的孤独巡游——而听见幻影
透过涛声，它的鸟鸣在那里长久地降落……
对于你，那些全景与这一属类的高塔，
为你所有——那形容呈现在悬崖上的主题，
哦自由路上仍在前行的漫步者！
这还不是我们的帝国，而是迷宫
你的双眼在其中，像大航海家的无船之目
从每座监狱地窖的巨石中闪亮
在峡谷的车水马龙间……面对交易所，

---

① “Recorders Ages Hence”，出自惠特曼《草叶集·菖蒲》（*Leaves of Grass: Calamus*）。

② Paumanok，惠特曼出生地纽约州长岛（Long Island）的印第安语名，意为“鱼形”。

在一个股票的世界里生存，——它们也是山脉
跨越山丘，那里第二架船骨迷失
回到康涅狄格州的农庄，废弃的牧场，——
海与潮涌之眼，毫不否认，明亮而充满神话！

力之鼻哼抽打一个新的宇宙……
在喷涌的柱筒追索着傍晚天空的地方，
在巨型发电所隐现的大烟囱之下
群星以犀利的氨气箴言刺戳着眼睛，
新的真相，新的端倪在天鹅绒里嗡鸣着
发电机，那里听觉的弦索被胡乱拨响……
力的文字，——伤口，绑着线圈，洗练——
砥磨着隆隆线轴上皮带的拍打，刺
入涨起的肉汤，被驾驭的群星之凝胶。
朝向何物？劈雷开叉的轰鸣分裂
我们的听觉于刹那；但在旋转的电枢中迅速，
明亮如蛙眼，咯咯直笑
在钢铁砂囊的腰际——绑住了轮轴，被框限
在盘绕的精密之中，捆束在彼此的欢喜之中
轴承明灭，——哦无一声低语而闪耀
在被油洗净的盲眼迷醉之圆环里！

群星在我们的眼上挥写霜的传奇，
犹未征服的空间的璀璨诗章……
哦强韧的银色双翼，轻触着风的肩隆！

那里，从基蒂霍克[①]的杀戮魔鬼山[②]
兄弟二人双双飞离了沙丘[③]；
将狂飙弯折，莱特驭风者转投
海角方向，然后划过风侧，倾斜又回旋
是什么密码从预言的文字中升起，
是什么马拉松的新装备在群星之间！
灵魂，凭借石脑油插翅飞入新的疆域
早已知晓火星更近的环扣，——
新的纬度，正解开绳结，即刻要让位
给怎样激烈的时间表，满是急行的厄运！

且看恶龙的队伍——两栖，无处不在
要围困海岸，缠绕陆岬，骑乘
为蓝所有以云为殿的区域直达以太……
当众多伊利亚特透过骄傲中抬起的双眼闪烁
地狱的腰带骤然加宽化为天堂被羽的侧身。
哦明亮的圆周，高度被调用以放飞
战争暴烈的蒙面狗群在铺满云絮的洋面，——
这空间的竞逐，这被抽打与砍凿的高度，
为劫掠的圆环所诱，棍棒链枷挂满

---

① Kitty Hawk，北卡罗来纳州东北部城镇，为包括哈特拉斯岛在内的沙洲岛链（Outer Banks）的一部分。

② Kill Devils Hill，应为 Kill Devil Hills，距基蒂霍克数英里，美国飞行家莱特兄弟（Wright brothers）于 1903 年 12 月 17 日首次成功飞行的地点。

③ 奥维尔·莱特（Orville，1871—1948），掷骰子赢了兄长威尔伯（Wilbur，1867—1912）成为首飞者。

仇冤的榴弹，后者呼啸的花瓣给我们割出
伤口，我们拿来包扎的定理尖锐如冰雹！

飞转不停，翼翅由蠕虫银的机库中浮现。
紧张的引擎澎湃，啮咬着空间，进入航程；
透过闪闪发光的能见度，伸展，无眠，
翼翅修剪光明最后的边疆……
陆生的风之警犬展开黎明的巡逻，
将每架飞机掷作一支神兵添翼的标枪，
捅破高天在一道狂啸劲风之上盘旋；
确然没有什么眼睛能覆盖向日的飞行队！
在那里，充满意义，如普勒阿德斯[①]般肋生双翅
闪着剃刀光泽它们急推每一个迅猛的螺旋！
因自身的超速而获准高升的唱诗歌手
他们，胆大妄为的骑兵队，将积云截断——
设下包围并跃过卷云自天空俯冲而下！
同时鲸鱼座一般，哦你的飞艇，巨大的闲游者
在倒悬的极光海滩上，——辽阔随行的
是护航的机群，月亮雪貂与你会合
在飞逝的阳台之上，正当你滑翔之际，
——已将空间划成了碎片！

　　　　　　　　低，为海角所荫蔽，

① Pleiades，希腊神话中海神普莱伊俄涅（Pleione）的七个女儿，为猎人俄里翁（Orion）追猎穿越天空，后宙斯将她们变作星群。

看那移动的转塔！从灰色的甲板
见侦察的兀鹫腾起穿过气态的黑绉纱
低悬……直到一只雷霆的螺号回应
云之钟楼，隆隆震响，当探照灯，如剑客，
割开天空的胰腺那沸腾的无烟煤
向着你，哦台风的海盗，——飞行员，听！
你的双眼被速度打上碳酸氢化的白，哦天空小子，看见
从你在闪电长矛之上的路径你是如何
播下厄运你既无时间亦无机会
去计算——正当你凝止的双眼畅饮
什么样的空间之酒精……！记住，猎鹰王牌，
在你的手腕那儿有一个梵语的训令
要接连无限的晦暗边界——
重新……！

　　　　　但首先，在此处这一高度领受
这份至福，炮弹深入而确定的缓刑！
被铅洞穿的机身，印有盾章的机翼
提起痛苦不堪的赦免，从无形的边缘倾斜
时而鹰般机敏，时而
　　　　　　　　　躲过猎物，盘绕 –
　　　　　　　　　　　　　　　　着，沉落以
巨大回弹的列 –
　　　　　　队直下
螺旋到晕眩的
　　　　　夹击，返身而上，打开圈环

以游击手的诡诈，陷身于燃烧的回 -
旋，舞动那凝固的深度
呼啸而下
黄道十二宫，疾掠
（此刻正迅速接近海角！）
沿着引力的
涡流进入撞击的
……崩溃……化为糊烂不成形的残骸……
在哈特拉斯一边拢聚着那堆搁了浅的冲天豪气！

. . . .

星星已划开我们的眼睛，以种种古老的信条
即爱与恨，诞生，——民族的终止……
但谁曾占据过比你更确信的高点
哦华尔特！——你的升华此刻在我心中盘旋
当你在哀歌的连接点，那里，在速度
与浩瀚永恒连接之处，挥舞着回复的种子！
无所不能的肥土，或然的青草，——阵痛
来自淹没埃佛勒斯峰[①]基座的潮汐，其失败
不逊于你凭借与生俱来的纯粹冲动
来回应最深处的声音！哦，自死者中上升
你携来符木[②]，和一份协议，新的疆域

---

① Everest，即珠穆朗玛峰。
② Tally，刻痕以记数的木签。

由活的兄弟情谊构成!

你，那边更远处——

冰川山脊与乌鸦的航程，
隐秘地经过兀鹰之域，穿越天顶庇护所
所经之处信天翁曾经奉献了
他最后的翼动，而颓丧如一只杯子
被倾空，粉身重回大地——你的棍杖
曾击出一支歌，哦华尔特，——在那边与更远处!
而这，你的另一只手，在我的心头
是被引领的铅锤由那些眼泪构成，它们开始
什么样的守夜记忆，血淋淋，在海角一边，——
食尸鬼冢里装着人的困顿乖戾
与兄弟残杀!你，在那里苍白如死灰
曾将伤口保留，哦悲悼者，那全部的总数
在那一刻从阿波马托克斯①延伸到索姆②。

连香报春花与花楸果，一片片有如连串的泡沫
环绕着种马裸露的牙齿，在那个春天盛放
当我初读你的诗行，无所不在仿佛那
草原的沃土，却又如碎浪跃向断崖!
哦，早早地追随着你，我探寻那座山丘

① Appomattox，弗吉尼亚州中南部一城镇，1865年4月9日南军在此向联邦军投降，美国南北战争就此结束。

② Somme，法国北部河流，其上游曾是第一次世界大战的惨烈战场。

它写满了蓝色，紫罗兰的浓香不绝，直到
随着六月山间的月桂破绿而出
并将森林铺满了怎样花团锦簇的光泽！
波托马克[①]百合，——然后是庞蒂亚克[②]玫瑰，
还有玄妙之雪的克朗代克[③]火绒草！
月光的白堤从溪谷中降临——
在橡木遮面的峭壁上怎样滔滔不绝，
当我精神抖擞沿着红杉小径而下
听见雷霆的雄辩穿过绿色的拱廊
在每一花簇草丛里置小号吹送——直到
金色的秋天，被占领了，冠盖了战栗的山丘！

Panis Angelicus[④]！宁静的眼眸闪耀着
爱情本身相对的凝望，与爱的惊诧！
并非最伟大，你，——并非最初，或最后，——却亲近
而继续生生不息超越我的至远之年。
熟识，你，有如公共地方的托钵僧人；
隐遁——亦然——有如黎明铺展的弧线难追：——
我们的 Meistersinger[⑤]，你将呼吸注入钢铁；
是你落定那至为豪迈的脚跟

---

① Potomac，美国东部河流。

② Pontiac，密歇根州东南部城市。

③ Klondike，加拿大西北部育空（Yukon）地区一河流。

④ 拉丁语："天使的面包"，意大利多明我会修士、天主教神父、哲学家、神学家、法学家阿奎那（Thomas Aquinas，1225—1274）所作《圣典》（*Sacris solemniis*）的倒数第二节。

⑤ 德语："大师歌者"。12—17 世纪德国抒情诗人和音乐家行会成员，技艺精湛并为严格规则所限。

挺身而立，将跨度抛掷于均衡的翼上
铺开那座大桥，我们的神话，我歌唱之物！

现代的岁月[1]！向什么样的海角推进？
可是你，*Panis Angelicus*，难道你不曾看见
又穿过了那道无人逃脱的屏障——
却丝毫不知其为死亡争斗？哦，绿色的某物，
超越一切科学的芝麻曾是你的选择
用它来维系我们随一个声音悸动，
罗马，维京，凯尔特的新整体——
你，吠陀的[2]恺撒，向绿色草地跪拜！

而此刻，发射于空间深不可测的穹隆，
向着无尽的终端，疾速之光的复活节——
巨大的引擎转舵向外带着六翼天使的优雅
乘着号角汽缸经过自视野中消失
以穿越那意识的跨幅，你将其命名为
大路——你的幻象再一次恢复！
你向我们的手传递了怎样的遗产！

再看！长虹之拱门——如何熠熠发光地矗立
在海角的食尸鬼冢之上，哦欢乐的先知！
今后世代的记录者， 是的，他们将在

---

① Years of the Modern，出自惠特曼《草叶集·离别之歌》（*Leaves of Grass: Songs of Parting*）。
② Vedic，吠陀（Veda）为最古老的梵语经文。

自己的血脉里听见你不灭的确信脚步
并将你阅读，借着环绕你头顶的光轮
在牧草映照之下，*Panis Angelicus*！

是的，华尔特，

重又迈开步，向前毫不停歇，——
并非立刻，亦非突然，——不，永远不要放开
我的手
握在你手中，
华尔特·惠特曼——
那么——

V

三支歌

一座名塞斯托斯，另一座名阿比多斯[1]。

——马洛[2]

南十字[3]

我曾想要你，无名的南方女人，
绝非鬼魂，却又全然——甚至更加孤单
南十字占据夜晚
将她的束带从她身上揭起，一条接一条——
高，凉，
　　　远离那缓缓闷烧的火
在低层的天际，——
　　　　　　　雾蒙蒙的创痕！

---

① 马洛《海洛与利安得》（*Hero and Leander*），1598年。塞斯托斯（Sestos）与阿比多斯（Abydos）为海洛与利安得分别居住的两个城市，中间隔着黑尔斯彭特海峡（Hellespont），即今土耳其东北部达达内尔海峡（Dardanelles）。

② Christopher Marlowe（1564—1593），英国诗人，剧作家。

③ Southern Cross，南天球人马座（Centaur）和苍蝇座（Musca）附近的星座。

夏娃！抹大拉[①]！

还是马利亚，你？

无论怎样的呼唤——徒劳地落在浪上。
哦猿人维纳斯，无家可归的夏娃，
未嫁，步履蹒跚失了花园而悲
风吹的吉他永在寂寞的甲板；
终要在一座坟墓之内回答一切！

而这长长的磷光之尾迹，
虹彩斑斓
我们所有旅程的犁沟——拖行的嘲弄！
眼眸在它的亲吻下破碎。它拉长的符咒
激起一声大吼。滑倒在那反逆的幻象之上
心被翻搅到吐沫，低诉着地狱。

我曾想要你……十字的余烬[②]
斜斜攀爬而过，芬芳地依偎着。
要记忆的是血；是火
要讷然回返……是
上帝——你的无名。而那洗涤——

① Mary Magdalene（抹大拉的马利亚），《圣经》中追随耶稣基督，目睹其被钉十字架与重生的女人。

② The embers of the Cross，或指煤袋（Coalsack），南十字座中的一个暗星云。

彻夜不停那水梳弄着你，用黑色的
傲慢。你潜行而出熠熠发光，已被成就。
水潺潺拨响那扎人的绳箍，你那
反复排演的秀发——温驯，唉，来自众多的怀抱。
是的，夏娃——我不被人爱的种子的魂灵。

十字，一个幻影，被压弯——落到黎明之下。
光淹没了你石化的亿兆蛋卵。

国家冬日花园[①]

直言坦荡的臀部戴着粉色珠子
邀请那必不可少云般朦胧的扭结
来自外翻的眼……此处并无多余的遮挡：
这世界的一条公然，流汗的肚带。

而当众腿唤醒大脑中的色拉
你透过烟雾利索地挑出你的金发女郎。
不过你永远在等别人，永远——
（然后穿过烟雾冲向最近的出口）。

永远以及最后，在终场铃之前
当所有的烟火爆响，开始

---

① National Winter Garden，哈特·克兰常去的滑稽剧场，位于纽约曼哈顿休斯敦街（Houston Street）。

一场手鼓混战连同一把某处的小提琴，
它们全体的某种低贱之极的回声——开始。

我们该不该称呼她为比雪更白？
先是喷上红宝石，然后是翡翠的光泽——
毫不含泪，毫不欢欣（谁认识她的笑颜？）
一枚抓拍的幻灯片呈现她中间的砂岩灰。

她的眼存在于她乳头的旋转之中，
珍珠抽打她的屁股，一场回旋绳串的浇淋
她愚蠢的蛇环开始攀升，叠加于
彼此——绿松石赝品在披金挂银的手上。

我们等待那扭动的池子，她的珍珠滚落，
——除了她的肚皮一切都埋进了地板；
最后一个喑哑节拍淫荡的重击！
我们逃离她的痉挛穿过一扇无肉的门……

然而，向着你的肉体这副空吊架，
哦抹大拉，每个人都跑回来孤身赴死。
于是你，我们欲望的滑稽剧——与信仰的，
便将我们拽回生命——骨立于婴孩之骨。

弗吉尼亚

哦雨在七点

薪水支票在十一点——
保持微笑让老板近不了身，
玛丽（你打算怎么做？）
过了七点——过了十一点，
而我还在等你——

哦蓝眼睛的玛丽戴着酒红色头巾，
星期六玛丽，我的！

那是至高的钟鸣
来自爆米花的车铃！
鸽子以百万计——
而亲王街[1]的春天
那里无花果绿树的微光
掩映着牡蛎壳！

哦玛丽，从高高的麦塔上倾身，
放下你的金发！

高居五月的正午
在水仙的檐尖之上
纤细的紫罗兰漫行，
掷骰子的帮派在布里克[2]统治，

① Prince Street，纽约曼哈顿街名。
② Bleecker，纽约曼哈顿街名。

小马鬃毛的牡丹——
窗格上的勿忘我：

从高不可攀的角子分币塔楼[1]上闪耀，
大教堂玛丽，
闪耀吧！

① Nickel-dime tower，指人称“五分一角”（Five-and-Dimes）的连锁商店巨头，美国实业家吾尔沃斯（Frank Winfield Woolworth，1852—1919）所建的纽约吾尔沃斯大厦（Woolworth Building），1913—1930年间的世界第一高楼。

Ⅵ
贵格山[1]

我唯见理想。但并无理想
曾获完全的成功于
这尘世间。[2]

——伊莎多拉·邓肯[3]

龙胆编织她的流苏，
枫树的机杼映红。

——艾米莉·狄金森[4]

透视从未从它们的眼中凋萎；
它们谨守春天那部温顺的法令
后者将三月与八月的南极天空相融：
这些不过是母牛，所见者无非
草和雪，而它们自身的内在
透过那丰饶的光环，它们并不烦心
即使是投在季节的飞逝之上

---

① Quaker Hill，纽约州达契斯郡（Dutchess）鲍林镇（Pawling，内有旧贵格会馆）一村落，哈特·克兰曾于 1925 年在此小住。

② 邓肯《我的一生》(*My Life*)，1927 年。

③ Isadora Duncan（1877—1927），美国舞蹈家。

④ Emily Dickinson（1830—1886），美国诗人。

尽管它们理应瘦死于去岁的残茎。

并且它们笨拙，沉闷，毫不腼腆……
当按下苹果榨汁机的我们，关注着它们——
我们，立下誓言去品尝那明亮的苦恼
来自友谊的酸酒，忍着痰液，
将报复转移（直到谁会告诉我们何时
戏谑太尖刻而不厚道？）夸耀
我们的信仰大半存储在别人身上
我们自己宁愿去穷追那最快乐的鬼魂。

在它们之上老后桅顶[1]，宫殿般的白色
客栈——一层接一层直至梅花瓣天窗
窥望口天花板叠起它们斯多葛派的[2]高度。
长排的窗口朝外凝望面对着往昔的
面孔——松动的窗格冠盖山岭与微光
于日落之时，有种沉默的，蛛网密布的耐心……
只见它们，像眼睛仍支撑着某个梦
透过遍植枫树的远景，被取消的预订！

自那中央穹顶的高处，他们说
一人的目光可以跨越三州[3]的边界；

---

① Mizzentop，贵格山上一酒店。

② Stoic，斯多葛派（Stoicism）为基提翁的芝诺（Zeno of Citium，公元前334—公元前262）于公元前3世纪创立的希腊哲学流派，以消灭堕落的情感，追求道德与智慧的完美为信条。

③ 指纽约州，马萨诸塞州和康涅狄格州。

但我见过死亡的凝视在慢慢打量
由无人讲述的四道地平线而来……
周末客人热衷于他们草皮上的得分，
这里距离旗语三个小时，高尔夫
沙皇们，三三两两的穿着灯笼球裤
闪闪发亮带着直立的球棒和雪茄。

此处曾为应许之地，并且依然还是
对于循循善诱的郊区土地经纪人而言
在非法的路边酒馆，那里杜松子酒嘶嘶
起泡恰与好莱坞的新爱巢华丽剧合拍。
从旧会馆的收音机里新鲜传来
（现为新阿瓦隆①酒店）众火山咆哮
一声欢迎向高步舞者②致意，任何
在此处见过教友③的老鼠都从所未闻。

归根结底历史有多么狡猾的邻居！
木虱抵押那古老的松木板
桌子，坡威茨基④买下它只花九 -
十五块，在亚当斯拍卖会上——吃封条，
古物的老处女光泽……
谁持有时间与耻辱的租约？

---

① Avalon，亚瑟王传说中亚瑟王受致命伤后被运去的岛屿。
② Highsteppers，19—20 世纪流行各种踢腿跳跃的舞蹈。
③ Friends，即贵格会（Society of Friends）成员（Quakers）。
④ Powitzky，或为杜撰的名字。克兰在鲍林镇的波兰邻居名叫坡尔威茨基（Porwitsky）。

何物以无所不在咬食那图案？
我的至亲之人与创始宗族何在？

死者的臣服派系统辖四方。
死去的漫游者在雪上流尽他们的安慰；
但我必须请求被杀戮的易洛魁人[①]引领
我，比剥了头皮的扬基[②]所知行得更远：
肩负被割裂的祖辈的诅咒，
等待邮差驾车自白桦山[③]带来
勒索而得的天生权利，那可恶的纸页
展开一种新的命运以供填写……

因此，难道我们必将从鹰隼遥远回溯的视野，
难道我们必将沦落为虫豸的眼去细察
我们对我们触摸的一切的爱，并将它带到大门前
谦卑如一个自知来得太晚的宾客，
他的消息已被通报？是的，当心脏惨遭拧绞，
起来——对，将这束尘土放在你的舌上！
在最后一个奉告祈祷中抬起悸动的咽喉——
听，转化着沉默，用那寂然的

① Iroquois，15—19 世纪北美洲东北部印第安人联邦及其成员。
② Yankees，新英格兰人或美国北方诸州人的绰号，亦指美国人。
③ Birch Hill，鲍林镇一地。1929 年前克兰常以附近帕特森镇（Patterson）的地址收取邮件。

痛苦音符，艾米莉[①]，伊莎多拉[②]都曾熟知！
当垂露的昏暗榆树圣坛高高传来
那月光的三音符从句——
是的，诲－泼－喟儿[③]，暴露出惊骇之心。
将我们击破并解救，是的，将心击破，却又出产
那份耐心亦即铠甲，并护佑
爱将绝望阻挡——当爱预见到那结局——
抽叶于秋叶之后

扯断，

下降——

下降——

---

① Emily，即艾米莉·狄金森。
② Isadora，即伊莎多拉·邓肯。
③ Whip-poor-will，北美三声夜鹰（Whippoorwill），以其鸣声得名。

Ⅶ
隧道

寻得西方之径
洞穿愤怒之门。[①]

——布莱克[②]

表演，百物，头条——
时代广场[③]起至哥伦布环[④]的灯火
导向聚合，夜会，
千家戏院的折光，面孔——
神秘厨房……你要将它们尽数搜罗。
有朝一日你会在心中牢记每个著名的景观
并眼看帷幕升起连地狱也不顾；
你会发现第三幕中的花园已死去，
伸指触摸你的双膝——并希望自己在床上
小报的罪案稿栖落在近前。

那就让你拿过你的帽子

---

① 布莱克“早晨”(Morning)，《笔记本》(*Notebook*)，约写于1800—1806年。

② William Blake (1757—1827)，英国诗人，艺术家。

③ Times Square，曼哈顿的交叉路口，原名朗加克里广场(Longacre Square)，1904年以《纽约时报》(*New York Times*)总部迁至此地而得名。

④ Columbus Circle，曼哈顿一地标与交通枢纽。

去吧。
一如往常，让你——同样
走下去——大呼
朝着十二个上行离去者
一个预订的褒奖
给时间宰杀之物。

或者你打不定主意去乘车；
倒不如在 L[1] 下面步行一程轻快的
十来个街区？可你却发现自己
正在准备双臂的企鹅弯曲，——
一如往常你会遇见舱口的哈欠：
地铁一哈欠打出回家的最快承诺。

化为最小，随即，游过蜂拥之群
出广场，那煌煌燃烧 [2] 的环——
避开在你右侧回旋的玻璃门，
那里独自被框住一秒，眼睛受惊吓
——全无防备裸身冲回灯光里：
然后往下在旋转栅门旁将硬币按
入狭槽。锣声已然响起。

---

① L，代表 50 的罗马数字，或指第五十大街（50th Street），1920 年代建有高架铁道站。

② Burning bright，出自布莱克《老虎》（*The Tyger*），《经验之歌》（*Songs of Experience*，1794 年）。

那么
你所谈城市的
地铁，暗河般开在街
与河之下……在车厢里
地下运动的
泛音，运动的
单调是其他面孔
的声音，也在地下——

“我们拿支铅笔吧吉米——现在住
在花卉园[①]
低灌木丛[②]——在七月四日——
像一只鸽子的混浊梦境——土豆
在地里可挖——行走镇上——同样——
夜复一夜——斑鸠线[③]——那些
女孩都越来越像样了——原来总是——”

我们的舌头撤回如被抽打的风向标。
这答案存活如铜绿，如头发
超乎灭亡，骸骨的停息；
而重复凝结——“什么

“你想要什么？联系越来越差了？

---

① Floral Park，纽约长岛（Long Island）东南部村镇。
② Flatbush，纽约布鲁克林（Brooklyn）中南部一地区。
③ Culver line，1919—1954 年运营的纽约高架铁路线。

掏裤裆爹地别要找头——**这是**
第十四街么？六点半了她说——要是
你不喜欢我的大门为什么你却
在它上面摇晃，为什么你呀
在它上面摇晃
无论如何——”

而不知怎地无论如何摇晃——

脑中冥府的留声机
是将自身回卷的隧道，而爱
是一根点过的火柴在小便池里溜冰，——
在第十四街上方某处**搭快车**
掠过某种疼痛的新预感——

“但我想要在这个办事处**服务**
我说——等
演出结束后她稍稍哭泣了下但——”

谁的头颅在膨胀的皮带上摇摆？
谁的身体沿着被咬啮的铁轨冒烟，
从后面很远闷烧的一团中爆发
于大脑裂缝的后部分叉之中，——
从背后远处一棵被劈开的残株里喷吐
在跨市镇的心灵破绽之中……？

我又为何常在此遇见你的容颜，
你玛瑙灯笼般的双眼——闪烁不停
在牙膏和头皮屑广告之下？
——而它们漂荡的眼是否直穿你的身侧，
它们的眼是否像没洗的盘子一般漂荡？
而死亡，高高在上，——庞大地朝下[①]
将你刺探穿透——向着我，哦永再[②]！
而当他们拖拽你作呕的肉体，
你战栗的手，那一夜，穿过巴尔的摩——
多轮投票的最后那一夜，你可曾，
颤抖着，你可曾拒票，坡[③]？

去格雷夫森德[④]庄园在钱伯斯街换乘。
月台一路匆匆直至完全停住。

热切的自动扶梯抬起一支小夜曲
寂然
奏弄鞋子，雨伞，每只眼注视着它的鞋，随后
在上方的某处骤然狂奔，那里街道
突逢降雨……锣声再起：

---

① Gigantically down，出自爱伦·坡《海中城市》（*The City in the Sea*，1845 年）。

② Evermore，对应“Nevermore”（永不再），爱伦·坡《乌鸦》（*The Raven*），1845 年。

③ 有猜测爱伦·坡的死因为被政治帮派绑架，殴打并灌酒后，被胁迫去为其候选人进行重复投票，坡拒绝投票而被殴打致死。

④ Gravesend，纽约布鲁克林一地区。

手肘与挡杆，守卫与嘶嘶响的车门。
这下面的雷霆是电流传热的……车厢
滚滚而去。列车兜转，弯身投向一声尖啸，
行驶最后一段平路以俯冲
至江流之下——
而且多少比之前更空一些，
癫狂中，在急推的一秒，弓起；那么
我们走吧……朝着地板的角落
报纸展翅，回旋又展翅。
空窗口透过轰鸣吞吐着信号。

那神魔是否载你回家，一般无二，
南欧洗衣妇，拿绷带束着头发？
走廊清扫过后，那些痰盂——
萧瑟的天空营房此刻一片洁净，与荒凉，
哦热那亚人，你是否携着母亲的手眼，
回家来到孩子，与金毛的身边？

神魔，犹疑不定而变故频频的哈欠！
他狰狞的笑是一台风箱的欢悦
——或一个初生之日被闷绝的杀戮——
哦何其残忍要给毗连的黎明接种
天线朝向闪亮与沉沦的诸世界；——
为我们舀出更多流质胜过那颗
最老的星星昏暗的句法，并将
生有肚眼的良知装入骤降的风中，

脐连而呼——随后径自死去！

哦沉陷如煤烟与蒸汽下的分币，
我们的苦痛之吻被你采集；
凝结为一，你占有全部——尖利的神经节
激荡着某一支我们未能跟唱的歌曲。
却又，像拉撒路[①]一样，感受倾斜，
草皮与崩碎的巨浪，——抬升地面，
——一道水声弯曲将天空跨越
无休无止，随着某个不会死去的词……！

. . . .

一艘拖船，呼喘着蒸汽的花环，
突刺经过，随一声电流的巨吼透河而上。
我计数着回声汇聚，一声接一声，
寻觅着，翻阅着码头上的午夜。
灯光，沿岸而行，留下水的油性鼓膜；
某处的黑凿穿一片天空上的玻璃。
而你的这座港口，哦我的城市，我曾奔行其下，
被掷出滴答之塔的线圈……明天，
并且要存在……此处在那东方之河边——
此处在水的边缘众手将记忆抛落；
并无阴影它们置身于那深渊而不加诠释。

---

① Lazarus，《圣经》中被耶稣从死亡中唤醒复活的人。

何其遥远那颗星星已经化海为池——
或者那些手是否应被抽离，去死？

我们的苦痛之吻被你采集，
　　　　　　　　哦火焰之手
　　　　　　　　　　　采集——

Ⅷ
亚特兰蒂斯

音乐因此便是与爱有关之物的知识
在和谐与条理之中。[①]

——柏拉图

经由捆绑成束的缆绳，弯拱的路径
向上，随光而转，弦的飞跃，——
穿梭的月光那紧绷的里程切分
耳语的奔行，线缆的传心术。
夜的标记之上，花岗岩与钢铁——
透明的罗网——闪烁的谱线完美无瑕——
女巫的嗓音微颤，摇摇摆摆地流淌
仿佛一个神是众弦的子嗣……

又是经由那绳索，以其召唤串联起
一个概括其下所有潮水的弧——
它们迷宫般的历史之口
倾吐着答案仿佛海上的所有舰船

① 出自《会饮篇》（*Symposium*，约公元前385年）中厄律西马科斯（Eryximachus）的话，雪莱（Percy Bysshe Shelley，1792—1822），《会饮篇——译自柏拉图》（*The Banquet—Translated from Plato*），1818年。

以一道激昂的呼吸共立誓约而呼，——
“让你的爱确定——为编织它的歌我们航行！”
——从黑色的堤岸，不动的探测发出问候，
于是七大洋从它们的梦中回应。

继续，倾斜而上明亮的载运栅条
新的八度音栈架那双生的巨体
飞越它们被霜的岬角月亮留下
两个沉睡的世界（哦拱曲的歌之缆绳！）——
再往前上到水晶流溢的过道
白色的暴风雨网列队向上，向上
以银的露台环绕那嗡嗡作响的船桅，
视界的顶阁，群星的帕拉斯[①]之舵

眼睛全然，像白霜刺痛的海鸥——
被闪闪的光之鳍翼所撕裂与驱策——
紧咬不舍攀上高耸的织机，后者
以锋刃的飞动偏侧重压肌腱的锋刃
——明朝入于旧年——而连接起
时间的暗码经文，并无旅人阅读
除了那个，透过爱与死浓烟滚滚的柴堆，
寻找神话枪矛的永恒笑声的人。

---

① Palladium，希腊智慧女神帕拉斯（Pallas）像，被视为城市的守护神物。

一如问候，告别——直上行星闪亮的高度
若干兆低语的铁锤令提尔[①]熠熠发光：
宁谧中，骤然响起铁砧的长呼
是方寸万代的沉默在铆固特洛伊。
而你，高踞于此——伊阿宋[②]！呐喊发令！
仍在为密集的空气套上轭具！
如银的奔腾尾迹，超越的呼鸣，
船梁怒吼着埃欧鲁斯[③]！在海峡间分崩离析！

从铺开的各个海湾，鼓声骇然，
高大的航行之幻象，紧张地空置着——
桥，将夜晚提升至极深的昼日那
环幕巨画之巅——哦合唱团，将时间移译
成为什么包罗万象的动词，众多的太阳
与水域的协作曾将其融合，重铸
于亿兆音节之中，——华夏之圣歌！
哦爱，你白色的，无所不在的范式……！

我们离开夜中高悬的避风港
闪烁的海港灯火向后逃离龙骨。
太平洋在此处时间的尽头，载运着谷物，——
眼睛透过尘土与钢铁的剧痛讷然而语。

---

① Tyre，地中海东岸古国腓尼基（Phoenicia）首都。

② Jason，希腊神话中的英雄，以率领阿耳戈船英雄（Argonauts）寻找金羊毛（Golden Fleece）而闻名。

③ Aeolus，希腊神话中的风神，伊阿宋的曾祖父。

而依然是那环形的，无可置疑的
天堂冥想的壁缘，上轭的波浪
至跪伏的波浪，一支歌虔诚地维系——
春天的诗节从不死的众弦间奏响！

哦你百炼成钢的识见，它的飞跃投向
云雀的回归那敏捷的区域；
在它的套索环绕的范围之内歌唱的
是一个蛹壳里众多的双生体，——
之于群星你乃针脚与骏马的光焰
又似一架风琴，你，发出厄运之声——
视觉，听觉和肉体由你引领走出时间的王国
如同爱为舵轮照出清晰的方向。

世俗之光的迅疾鸣响，固有的神话
它可怕的无阴影是死亡的致命伤，——
哦置身河之咽喉——彩虹一般被托举而起
经由我们的血脉那明亮的药液与构成；
伴随着飘摇而入于光明的白色断崖，
在泪水中经久延续的城市是与生俱来
与正义凛然的齐声高呼，有成熟的田野
在甜蜜的折磨中回旋穿越它们的收获。

万世不移神的闪耀誓言，哦你
你的颂歌由新鲜的化学分配
给迷狂的初始与至福，——

永远是经由盲目的绳缆，我们欣闻，
涌现出你白色迸发的预言：
永远是经由高耸的缆索，银色续篇
的金字塔，神的年轻之名
跃动着合唱的白色翼翅……上升。

必定需要排空记忆的迁徙，
化心灵为鹅卵石的发明，——
不可言说的你架桥连接你，哦爱。
你对这历史的赦免，至白之花，
哦万物之答语，——海葵，——
当你的花瓣在我们身边用尽众日，且住——
（哦继承我的光辉的你）
亚特兰蒂斯，——且将你漂浮的歌者留迟！

就这样向着你的永在，超乎时间，
如枪矛染上一颗长鸣之星的血
血中流淌着无限——玄奥的琴弦，
群星的阵列，跳跃与汇聚：
——一支歌，一座火焰之桥！那可是华夏，
此刻怜悯浸渍青草而彩虹环绕
蛇与鹰在树叶之间……？
在蔚蓝音律中交替唱和的低语。

西礁岛[1]
岛屿一束
Key West: An Island Sheaf

星光的地面，
水的岸滨，
被交付给你直至破晓。[2]

——布莱克

① Key West，美国佛罗里达海峡（Florida Strait）中一礁岛，处于一系列礁岛的最西端，亦为此礁岛与若干礁岛共同组成的城市名。

② 出自《序》（*Introduction*），布莱克《经验之歌》（*Songs of Experience*，1794年）。

哦加勒比岛！

狼蛛在百合脚下格格作响
穿过死者的脚，横陈于白色的沙上
在珊瑚海滩附近——亦无折行的提琴蟹[1]
侧踩高跷从小径而来（它转换，颠覆
并逆写你的名字）——不，无物在此
在一棵桉树引起的麻痹之下
在起皱的阴影里——哀悼。

然而假设
我点数这些热带死亡的珍珠母框子，
每座坟墓周围残忍的贝壳项链
被如此细心地摆成正方形。然后

向着白沙我可以说出一个名字，丰饶
尽管是用一种陌生的语言。树名，花名
沉思，驳斥死亡脆弱的地穴。与此同时
在一场大死亡中缠住自身的风——
盘卷并后辙。于是音节想要呼吸。

---

① Fiddle crabs，通常译为招潮蟹。

但船长何在，他这座都布隆[1]岛
并无一扇旋转门？除了暗号螃蟹还有谁
巡视矮灌木丛干涸的穹棱？
何人，或何物
是霉菌的专员遍布于被伏击的感官？
他的加勒比数学网住眼睛被烤炙的晶状体！

凤凰木之下，一个中午或午后
让炽热的花朵凝结光线，呈现我的幽灵
被向上筛过，白黑相间沿空气而行
直到遇见蓝色的丑角主人。

不要让朝圣者再看到自己
为缓慢的脏器切除而被捆绑如那些巨大的水龟
每天拂晓在码头上，它们盐水结块的眼睛；
——被刺穿，被翻倒；它们的调子如此轰响！
而紧闭的喙正为浪涛而再次咳鸣！

化为飓风的熔渣——我，被投入它的水流，
经由此处的午后凝结，如缎而空虚。
你已交给了我贝壳，撒旦，——太阳的
碳质护身符序列在海中爆炸。

---

① Doubloon，西班牙及其美洲殖民地使用的一种金币。

人鱼

而假如
你被放逐的躯体被发现在我们的领土中——
——《李尔王》[1]

佛陀与引擎在海底下为我们服务；
尽管他们为何在此等候，惟地狱，被劫掠了
每一种枯萎与机巧——
可以解答。

单单十字架就已掀起了波涛。
但自从十字架沉没，被扭曲与打碎之物多半
已追随其名，已堆起它的坟墓。
哦——

拿绞架和断头台向太阳致敬
还有冒烟的刑台以供自惩当白昼完成！
不——

离开我们，你们这些未来的偶像——勿扰，

① 出自《李尔王》第一幕第一场。

这里我们触摸失效之神恩的莫埃多[1]
并沉思如星星点缀这王座的明亮污斑

——这座十字架，依然闪耀着一张人脸！

① Moidores，一种葡萄牙帝国及其美洲殖民地的金币。

致云幻术师

纪念：哈里·克劳斯比[①]

你可以聚拢到空间膝头的事物
我们仅在视域中持有，问询踪迹
所属的区域里悬崖、海与棕榈预先呈交
一道彩虹之恍惚的坠落奇景。

你的光将白提升为处女的天蓝……
露出你的嘴唇，哦太阳，也别长久装羞
用雷霆的鼾声，挤迫我们以抽取
那幽深海藻的绿色优先权。

你，给那乘夜潜行者朗姆酒的，——
月亮最好的情人，——用成夸脱的戏法
——确定偷运回家的——引导我们成为信徒
当你由日晒的泡沫里筑起全新的庙宇。

暴露被夸大的有效性，哈欠中道出

---

① Harry Crosby（1889—1929），出版家，诗人，1929 年枪杀其情妇约瑟芬·毕格洛夫（Josephine Bigelow）后自杀。曾创立黑太阳书局（Black Sun Press），邀请哈特·克兰写作《桥》并承诺出版其精装本（1930 年出版）。

过去的客套……断言成熟的黎明
当你已经呈交了阳台和房间
或暴风雨——在一支银色，飘浮的羽毛中。

缠绕我们，举起我们；然后放下我们，回返
如水，未遭摧毁，——如雾霭，未遭焚烧……
但勿再索要一个像他那样的朋友，
他的箭定已刺到了你超乎疼痛。

芒果树

让他们回来，你说着再一次为高曾祖母脸红。整个就像圣诞节一样。

当你让天堂萌发时，一场口香糖的丢弃便发生了。从罐子到音乐剧，吊罐不过是快乐的蜘蛛首先给你上轭，——阴影的抽丝是给猫头鹰穿的好裤衩。

首次采撷在洪水之前与之后，古老的催眠术拧转金枝。树叶从翡翠云链轮中飞溅黎明。肥胖的最终先知与清瘦的强盗蛰伏：而黄昏已近

在你的正午之下，
你堆积太阳，它的
成熟苹果灯笼涌出历史，提取闪电，虹彩照人。

哦 Señor[①] 先生
小姐女士
Mademoiselle[②]
带着篮子

玛吉，来吧

① 西班牙语："先生"。
② 法语："小姐"。

岛上采石场[①]

方板——他们只把大理石锯成
平铺的监狱板材，在大理石采石场那边
在环绕山底的道路转弯处
那里直路会像是折入岩石之下，狰狞的
大理石轮廓突刺着远处的
棕榈面朝落日高耸的大海，或许也
面朝人类。有时候——

在黄昏，仿佛这岛升起，漂浮
在印第安浴池里。在古巴的黄昏双眼
走着直路朝向雷霆——
这条干旱之路化为银色朝向采石场的阴影
——有时候仿佛双眼燃烧得猛烈而欣喜，
却并未取山羊的路径颤抖着向右，
偏离山脉——由此去往泪水与睡眠——
而是继续进入从不哭泣的大理石。

老歌

你的缺席将玫瑰淹没，——
　　从每片花瓣中隐隐闪烁
如此话语仿佛它徒然闭合，
　　如此泪水让梦境满溢。

于是双眼忆起娇美而离去的你，
　　困惑于苏醒，消磨希望
在将你的遥远黎明镀金的天空
　　更多于守候在此处。

玫瑰的重负终将消褪
　　在光谱的吻中加速。
但此处的荆棘在削尖的阴影里
　　经得起所有的寂寞。

白痴

转舵去往另一边，——因为看——
那男孩离群呆在那些含羞草下面，愚钝
脑袋上挂着斜视的灯笼，很可能
在摸索他的性。所以那些孩子才大笑

在如此地狱般的圈环里围着他的门
有一回他大叫起来，拉伸为骇人的形状。
我匆匆走过。但从炎热的海岸回来
又再次经过了他……他一个人，目瞪口呆。

一只手扯出一根风筝线；一个白铁罐
被另一手斜举着，削去的末端卡在眼睛上。
那高飞的风筝——你应该见过他扫视
它的轨迹，尽管他已将午夜扣上中午的天空！

而既然，透过这些绿叶的灼热路障，
A Dios gracias，*grao*[①]——我已听见他的歌
超乎一切理性升华，阻遏平静——
我擅入的视域缩小以面对他的错。

---

① 西班牙语："感谢上帝，感谢"。

万有之名

月蛾和蚱蜢，逃离我们的书页
而仍鼓翼向前，未受此名玷污
我们将其捆绑在你们的身上来缓和
我们对你们自由的嫉妒——我们必须摧残

只因我们是篡夺者，并且懊丧——
将那片翼翅抓在手中，划开伤口。
我们拥有的名字，甚至，扑打于风之上；
但我们须死去，像你们一样，才能理解。

我梦见所有人都弃了自己的名字，并歌唱
如唯有他们才可赞颂，他们筑起自己的日子
用鳍和蹄，用翼翅和变得甜蜜的獠牙
现身为自由而神圣，在一个永恒之名下。

百加得[1]展开鹰翼

“巴勃罗和佩德罗，还有黑人塞拉芬
上星期买了一艘汽艇。也有可能
是那什么做的——嗯，就说是石蜡吧，——
——那么单薄又起泡，就是一个烂壳。

“见鬼！就在那边在梭子鱼中间
他们的引擎熄火了。没有桨，漏洞
涌进一大片。他们坐着像烘烤的菩萨。
幸运的是开曼纵帆船疾驰而至

“刚好及时，把孤立无援的他们救起……
他们现在又回到黑椒酒吧干那铺草活儿。
——是的，漆皮鞋子热得足够煎熟
任何人除了这些踢高腿的土著！”

---

① Bacardi，1862年始创于古巴的朗姆酒品牌。

Imperator Victus[1]

还是大炮
怎么说都不如
直截了当。

还是，还是——
它们还会让
西班牙公海[2]

分清美元跟十字架。

还是大炮——
但要给你和平，
安第斯的首脑。

还是，还是——
和平来自
西班牙国王陛下，

那已故的老板。

---

① Imperator victus，拉丁语："被战胜的帝王"。
② Spanish Main，南美东北沿岸及加勒比海海域的旧称。

还是大炮，
阿塔瓦尔帕[①]，
印加帝王——

被弑杀。

① Atahualpa，秘鲁印加帝国末代皇帝（1500—1533），被西班牙征服者皮萨罗（Francisco Pizarro，约 1478—1541）以绞刑处死。

王棕榈[1]

给格雷丝·哈特·克兰[2]

绿色的窸窣之声，不止于帝王的慈善
凉爽地飘出那座低诉之光的塔楼。
在正午时分着火的严酷之间
我曾观望太阳最仁厚的隐修之士

如凭借内省而攀升，年复一年
不为土地或土地据有的任一物所食，
而灰的树干，象鼻一般，养育
它在空灵褶皱中叹息的叶之生长。

永不结果，超乎那一份汗水的出产
后者是丛林用灼热的爱和卷须榨取
直到我们向死的呼吸被封盖为止——
它轻掠过天际线，被投射到

死亡的必然之上——升起的绿宝石光华，
一眼致敬之泉，一顶风景之冠——
不受羁绊，漫不经心于它蔚蓝的高度
仿佛它也曾如此飞翔穿过天堂。

---

① Royal palm，一种产于美洲热带地区的棕榈树。
② Grace Hart Crane（1876—1947），诗人的母亲。

空气草[1]

大开曼岛[2]

这一簇蔓生于盐碱的虚无之上，
倒立的章鱼长着向天的臂膀
焦干地刺出湾畔一棵硬棕榈树身——
几乎是一只鸟——几乎是鸟在示警，

如肺叶之于风，后者摇撼
它的触手，其倾侧令人惊骇。
蜥蜴的咽喉，膨胀而起等一只苍蝇，
从这棵悸动的栖木中鼓出却充满警戒。

仙人掌的针和弓锯血一般涌流
一股大地的奶汁，茎干被敲断之时；
但此物，——无防卫，无刺棘，不流血，
几乎没有阴影——不过是空气的稀薄之谈。

---

① Air plant，一种附生于树上的美洲热带植物。

② Grand Cayman，加勒比海中英属开曼群岛（Cayman Islands）的最大岛。

天使的发电机！蓝色的腹语表演者！
当海滩方向漫行着鲨鱼扫荡的西班牙公海
凭借如此这般的结合体四方来风指派
它的神化，最终——那股飓风！

飓风

看，主啊，祢驾乘！
主啊，主，祢疾掠的心

无物停留，此刻无物等待
而惟有被击碎！

唉！经文逃离石头！
奶一般亮，祢鋆凿的风

将肉从骨上销除
成为颤抖飞薄的刨片

被席卷——啸鸣的稻草！猛击之下
主啊，连巨砾此刻都跃出

岩窝，被闪电狂抽！
亦不可，主啊，有虫豸爬出

祢鼓声的恶戏，避过它的突降！
主啊上帝，当峰顶崩溃

鞭打海藻尖叫于金色的
沸腾空域之上，高天疾驰——

祢驾乘至门前，主啊！
祢不留墙垣或地板，主啊！

西礁岛

此处我跃动的信仰已让我退了火。
走出山谷，经过宽敞的棚屋
去往公正的天空，后者并不否拒我
也不认领我，凭亚当的脊柱——或肋骨。

桨叶击水，而陨星的白色拱门
与手腕和二头肌同调。在现已沉落的
月色之下我奏响唯一的进行曲
向天堂或冥府——向一个同样朴素的中午。

因为这数百万人得出一个致命结论
我需不需要假定是同一枚果子，我的骸骨
将他们拖向一场被双重嘲弄的
猿般梦魇之迷乱，进入钢线串起的石头？

哦，钢与石！但原本是金，稀缺于前。
而此处则是水，和一点点风……
没有朋友的呼吸也没有更多的岸滨
黄金尚未出售，良心还没装进罐头。

——和天堂的蜜蜂

我本已从海上一路来到这里，
却再次遇见了波浪在你的双臂之间
那里峭壁与城堡——全都真实地
融化在一片灯塔形体的天空里——

海的花园升起如彩虹穿过
被我发现的眼睛。

是的，高远，不可分割地我们的日子
朝太阳奔去。我们曾经走过被点燃的天宇
不可阻挡，为你的赞美所环绕，

充满了鸽子，和天堂的蜜蜂。

致艾米莉·狄金森

曾经欲求如此之多的你——徒然索要——
却喂食你的饥饿如一份无尽的使命，
敢于尊崇劳作，祝福探求——
达成那归根结底为至善的寂静，

一切中最少被追寻之物：艾米莉，听！
哦蜜糖，死去的缄默者，至为突然地清晰
当歌唱起那永恒，它曾被拥有
又被瞬间夺走，在每一个胸膛里；

——确然尚无一花在你手中凋落。
你曾描述与领悟的那份收成
不只需要智慧去积累，爱去维系。
某种调和，来自最遥远的心灵——

让奥尔木[①]失去红宝石，俄斐[②]严寒。
否则眼泪全堆进一座泥土封冻的山峦。

---

① Ormus，霍尔木兹海峡（Strait of Hormus）中一岛屿。
② Ophir，《圣经·列王纪》中的盛产黄金和宝石之地。

瞬间赋格

那梅毒病人平静地售卖紫罗兰
　　和雏菊
在地铁报摊边，知道
　　　　　　　风信子如何

由这个四月早晨奉献
　　匆匆忙忙
被新鲜挑拣成束——
　　　并馈赠
给每个购买者
　　　　　　（或许来自天堂）

他的眼睛——
　　　　像掷向玻璃的拐杖
飞落无声而突然（拿找零
　　换百合）
超越没有肉体可以通过的玫瑰。

据我曾经认识的尼罗斯[1]……

某个老旧的埃及玩笑在空气里，
亲爱的女士——诗人曾言——散开你的头发；
来吧，在沼泽里寻找一张友好的床
或让我们在某间低微小屋里以头相撞。

一则老旧的埃及戏谑已卡住了胶带。
键盘不再提供一个退出
逃避安东尼[2]誓约的甜蜜危险：
你今晚已经驳回了我的打字机。

献予众女王的决定性语法，——
一个有才能的文本，动力多于机器
以杠杆达成之度，——将它填满新鲜字体
来自二十个字母——我们仍未成熟！

---

① Nilus，希腊神话中的尼罗河神。

② Mark Antony（公元前 83—公元前 30），罗马政治家，将军，在亚历山大被屋大维（Caesar Augustus，公元前 63—公元 19）军击败后与其情人埃及托勒密王朝女王克利奥帕特拉（Cleopatra VII Philopator，公元前 69—公元前 30）一同自杀。

这象形文字绝非又哑又聋的错误。
它知道它穿越印度的路——热带的震颤！
它是的的喀喀湖[1]直到我们踩过了它，
然后它再次恳求，“我希望我知道。”

① Titicaca，玻利维亚与秘鲁边境的淡水湖。

致莎士比亚

穿越重重灼热的入口，经过冰柱
　　一只手在书页上移动！谁会再一次
雕琢这般的偶然，如你的强力所驾驭——
　　各相对立，意味深长却徒然的呐喊
在我们的全部时日，身为领航，——亦是暴风雨！
　　嘲笑欲望的纸张与涂写仇恨的棘刺
从撕裂的肉中被举起连同人的悔恨，
　　与笑声，打磨得比我们的命运更闪亮，
你操纵这般的眼泪，甚至每一场倾轧
　　都高咒于哈姆雷特的咽喉，而魔鬼群聚
之处众天使在可怕的出神中乞求厄运
　　——并坠落，两者皆是！你的爱里尔[①]却留着他的歌：
　　而普罗斯佩罗[②]所获的那一份安宁
　　是已然取消了尘世之锁链的正义。

---

① Ariel，莎士比亚戏剧《暴风雨》（*The Tempest*）中的精灵。
② Prospero，《暴风雨》的主角。

刊物中发表的诗篇
Poems Published in Magazines

C33[①]

他曾编织过玫瑰藤蔓
围绕夜晚虚空的心，
并将他甘醇已久的梦之
陈酿倾泻在满是白热
诡辩的荒漠之上。
而他以遥远的真理为帐他会构造
源自多刺之树的易逝胸怀。

哦圣母！装饰你的黄金头颅
和摇摆的双肩，一道新的光芒洒落

自忏悔之中，需要必带来苦痛，
伴随小调音之歌，破碎的旋律。
然而听见灯盏透过夜晚低语的你
可循着泪湿的路径，忘却所有的病患。

1916 年

① 爱尔兰诗人，剧作家王尔德（Oscar Wilde，1854—1900）1895—1897 年被囚于雷丁监狱（Reading Gaol）时的牢房编号。

十月——十一月

印第安——夏季——太阳
用绯红的羽毛驱走雾霭；
俯冲过格栅的滤网
并镀银于斑污的藤椅之上。

此刻金与紫点点闪耀的
树木仿佛正起舞
于谵妄之中；
随后月亮
以一道疯狂的橙色焰光
淹没葡萄垂挂的夜晚。

1916年

Carmen De Boheme[①]

蜿蜒盘旋着穿过房间
在加甜的烟卷吞云吐雾的舌上，——
悲伤却又骄傲大提琴的曲调重奏
平滑希望与失落悔恨的行板。

明亮的孔雀从墙边的火焰盆中啜饮，
恰如呷着苦艾酒的女人们战栗着
灌下碗中闪烁的蓝，在喀耳刻[②]的厅堂里。
她们褐色的眼睛变黑，那蓝滴落色彩。

行板随渐强段落开始而颤抖，
并死于每个男子心中之火的诞生。
挂毯暴露出一根手指透过
裂缝，轻扯；——而音乐跟随提示。

有一场席卷，——粉碎，——一支合唱团
野蛮的幻想令人焦急不安。
脉搏在耳中，心脏在更高处，

---

① 法语："波希米亚人的卡门"，卡门（Carmen）为法国作曲家比才（Georges Bizet，1838—1875）的同名歌剧的女主角。

② Circe，《奥德赛》中的女巫神。

并探身向上透过凡尘之眼来看。

卡门！叉着腰的手臂和闷烧的眼；——
卡门！激荡希望并唇吻双眼；——
卡门回旋，而音乐盘绕与突降。
“卡门！”惊叹来自酒气灼热的嘴唇。

终曲在无声中离去重新梳理
弯折之翼，卡门与她的炫耀穿过
低语挂毯的幽暗，旧流苏一片棕褐：——
酒徒也都离去，小小的灯盏刺痛。

早晨：而穿过雾气弥漫的城门
一辆吉卜赛篷车蠕动，奋力直行。
还有人依旧梦想着卡门的神秘面容，——
枯黄，黯然，像古老的饰带。

1916 年

蜂巢

在我流血之心的峡壁之上
人性啄刺，抓挠，抽泣，攀爬；
由内而上，并越过每个部分
在我的心即世界的蜂巢里。

而对于所有的播种，所有的泪涌，
和收割，让慈悲与爱流淌向前；
慈悲，白的奶，与蜜，黄金的爱——
而我目视，说：“这些值得苦痛。”

1917年

恐惧

主人，他说一切都好，
而柴火的光焰明亮；
食物有一股温暖而诱人的味道，——
但在窗上夜晚轻舔。

把原木堆起来……给我你们的手，
朋友们！不，——那不是惊骇……
可是抱住我……我在哪儿听到过要求……
但在窗上夜晚轻舔。

1917 年

通告

地脉里焦急的奶血，
长久而悄然奋力切断
绿叶的腰带……根下，一阵复苏的颤抖
被某一道光唤醒，它已感觉到，——先于
第一只蛾降临的战栗，——白昼的注定……
一只鸽子的飞翔之声在草地上飘摇……
我身边一个至爱分娩的呻吟……
随后来自混乱之鸿沟的高声呼叫被拉长……
嘘！这些事物都是黎明之前的所闻。

1917 年

回声

1

雨的长条在窗格之上，
被阳光映成翠绿，融化又流动
再一次向上：——它们不留丝毫
一小时前整场风暴的痕迹。

2

山头最后一片云朵沉落
并消失，我也该走得
一样安静然而你的嘴唇
却更暖，有一道更红的光彩。

3

新鲜而脆弱，此刻你的双臂
是清凉玫瑰的圈环，——于是……

在你额眉之下的猫眼石水池里
我梦见我们争吵是很久很久以前。

1917 年

沐浴者

两个象牙般的女人在一片奶色的海边；——
黎明，一只贝壳的苍白衬里不安地
闪烁在一柄黑色的山地长矛之上：
一个梦者或许会看到这些，醒来又听见，
但并无声响，——连一声鸟鸣都没有；
只有简单的涟漪在炫耀，在划动，与漂流，——
扁平的百合花瓣涌向大海的白色咽喉。

他们说维纳斯曾透过泡沫浮现在光明里，
但他们错了……在男人获赠视觉之前
她抵达于如此寂然的水中，如此被呵护
于静谧之中，被赐福的美也是被诅咒的美。

1917 年

现代技艺

尽管我已触摸过她众月的肉体，
她仍毫无姿态地哑然而坐，
将清凉的珍珠淹没在酒精里。
哦无可指责的羞惭；——放荡的纯真！

她试戴黑玉；身披虎百合[①]；——
并将自己拴在一条宝石束带里。
太多手掌曾轻摩过她的肩膀：
确然她必定已感觉到了。

奥菲莉亚[②]有过这样的眼睛；但她
甚至，陷入了爱情而被鲜花窒息。
此物烧而不焦……我的现代爱情早在
一支火刑柱上成灰，在比当今更年轻的时代。

1917年

① Tiger-lilies，即卷丹，一种生长在亚洲东部的多年生植物。
② Ophelia，莎士比亚《哈姆雷特》的女主角。

流放
（效法中国人）

自你的手之后我的手未再触碰过愉悦，——
不，——自“别”后我的唇未释放过笑声，
而随着日子，距离再一次伸展
在我们之间无声，如一枚旋开的贝壳。

爱情却持续，尽管正挨饿而又孤单。
一只鸽子的翅膀每夜紧贴我的心
以汹涌澎湃的温柔，而那颗蓝宝石
镶在约会指环中，仅仅被消磨得更明亮。

1918 年

后记

虽说如今大理石骨灰瓮不过是大理石，
虽说喷泉垂落在渐黯的光下而苦痛
闪烁在湿羊齿草的边缘，
我不该大着胆子让你再一次进入。

归我所有一个被弃的世界尽管尚未终结，——
一座想象的花园灰暗一片满是斩落的残株
与折断的枝条，惆怅而未经修缮，
弥漫着比一切山盟海誓更持久的雾霭。

1918 年

健忘

健忘就像一首歌
甩掉了节拍与韵律，信步游荡。
健忘就像一只鸟儿翅膀协调，
伸展开去，一动不动，——
一只乘风而行毫无疲倦的鸟。

健忘是夜间的雨，
或一栋旧房子在一座森林里，——或一个孩子。
健忘是白的，——白如一棵枯萎的树，
它可能会令西比尔[①]昏然进入预言，
或埋葬众神。

我能记起很多健忘。

1918 年

---

① Sybil，古代地中海沿岸的女先知。

致坡塔坡维奇[1]

（*du Ballet Russe*）[2]

太阳的猫眼石地毯之上的穹顶，
野蛮的伊戈尔亲王[3]：——或，瞎眼的皮埃罗[4]，
绝望直到月亮被眼泪赢取；——
或，达佛涅斯[5]，与克洛伊[6]在蜜蜂间移行。

释放吧，——从你的怀中遣走激情。
比原物更真实，你编造的姿态
以徘徊的惊惶萦绕空的舞台，
虽沉默如你的凉鞋，却舞至毁灭。

约 1917—1919 年

---

① Stanislaw Portapovitch，巴黎俄罗斯芭蕾舞团（Ballets Russes）的成员，定居纽约后成为诗人的朋友。

② 法语："俄罗斯芭蕾舞团的"。

③ Prince Igor，俄罗斯作曲家鲍罗丁（Alexander Borodin，1833—1887）所作同名歌剧的主人公。

④ Pierrot，法国哑剧中穿白衣涂白脸的忧伤丑角（参见《白色建筑·赞美一个尸灰瓮》脚注）。

⑤ Daphnis，希腊牧神，被认为是田园诗歌的创始者。

⑥ Chloe，公元 2 世纪古希腊作家隆古斯（Longus）小说《达佛涅斯与克洛伊》（*Daphnis and Chloe*）中达佛涅斯的恋人。

传奇

许多夜晚辗转反侧的寂寞
圆满了结我对她的记忆。
像一只贝壳被弃给了傍晚的黄沙，
却在每个黎明接受召唤再一次漂流，
她已成为一份悲怆，——
潮汐的流浪儿。

沙滩和大海都已得行其道，
还有春天和秋天的月亮，——
一切，除了我。
甚至我的幻象也将被抹去
如波浪再次索回的一枚浮雕宝石。

约 1918—1919 年

室内

它散发一种害羞的庄严，
我们贫穷房间里的这盏灯。
哦灰与金的便利设施，——
寂静与温柔的幽暗！

远离世界，被窃的一小时
由我们认领，或许无一人知晓
爱如何绽放如一朵迟开的花
在白昼余辉中的此处。

而即使世界会闯进来
带着嫉妒的威胁与狡诈，
世界，最终，也必须鞠躬来赢得
我们的怜悯与一个微笑。

约 1918—1919 年

阿克伦[1]的坡尔菲罗[2]

I

向黎明致意，
一次橡胶工人的换班挤迫
南主街。
以浑水的执拗
它在每条交叉道上缩小
直到你感觉到无数汽车的重量
北向，与东西向，
吸取并传递着疲惫，——
隆隆滚过山丘。

阿克伦，“高处”，——
一连串烟雾缭绕的山丘
在起伏的俄亥俄山丘之间。

深黑肤色的希腊人咧着嘴笑对彼此

---

① Akron，俄亥俄州东北部城市。

② Porphyro，英国诗人济慈（John Keats，1795—1821）叙事诗《圣阿涅斯节前夜》（*The Eve of St. Agnes*，1820年）中女主人公玛德琳（Madeline）的情人。

在大街和小巷里。
希腊人咧着嘴笑并与瑞典人打架，——
于是峡湾与爱琴海都被记住。

犁，剑，
泥铲，——和活动扳手！
哦城市，你的轮轴不需要歌曲的油。
我会向自己低诉词语
然后把它们放进口袋里。
我会跑去跟老人一起掷铁环
在一条道路的尘土里。

II

而他们有些“会是美国人”，
使用最新式的冰箱并购买福特车；
而其他的，——

　　　　　　我记得一个星期天中午
哈里[1]和我，“先生们”，——坐下来围着
一桌果汁酒和葡萄酒，我们的主人
放下一个杯子说，——

---

① Harry Candee（1887—1923），作家与艺术史学家坎迪（Helen Churchill Candee）之子，1919 年在阿克伦与哈特·克兰相识。

"一个月，——我就衣锦还乡了。
我要骑黑马……有很多羊。"
而他的妻子，像一座山，进来
身边围着四个很小的黑眼睛女孩
眨巴着像小圣诞树一样。

还有几个星期天的提琴手，
罗马尼亚商人，
奏散拍乐[①]又在门前跳舞，
我们多付了钱给他们因为我们觉得这样挺好。

III

扯下酒店的床罩
赶快起来写你的书。

"圆圆的在这窗上朗照着冬天的月亮，
将温暖的红晕打在玛德琳美丽的胸前，
当她跪倒在地祈求上天的慈悲与恩赐……"[②]

"Connais tu le pays…？"[③]

---

① Ragtime，一种爵士乐风格。
② 出自济慈《圣阿涅斯节前夜》。
③ 法语："你是否知道这国度……？"法国作曲家托玛（Ambroise Thomas，1811—1896）歌剧《迷娘》（*Mignon*，1866年）中咏叹调"你是否知道橘子开花的国度？"（Connais-tu le Pays où Fleurit L'oranger？）的起首句。

你母亲在一间闷热客厅里唱过此曲
某个夏日在一座小镇上
你开始长大的地方。
而当你能够离开陪伴时
你便立刻走出门外
找到灌木丛中唯一的玫瑰
在前院里…………

可抬头看，坡尔菲罗，——你的脚趾
正荒谬地轻叩着
床脚的栏柱。

群星被淹没在一场慢雨中，
从街头掷上来一团噪音的杂烩。
你应该，真的，试试入睡了，
哪怕，在这座镇上，诗歌是一份
卧室职业。

1920—1921 年

一个劝告

如果她等到深夜
听见风吹，
那是为了收集善良
没有哪个世界能够提供。

她已抽开了她的手。
风奏的行板
属于失去的希望与悔恨，——
却又善良。

在风下面，
等待着早晨
山丘铺展着弯曲而混杂
如此刻她的心与思。

1921 年

三则 Locutions des Pierrots[①]

来自儒勒·拉佛格[②]

I

你的眼睛，那些有柔软灯芯草的水池，
哦奢靡而拖沓之极的淑女，
来吧现在，他们会在何时归还我
我那精微情感的东方月亮？

即将来临的是那一刻，
因为你执意的苦行，
我簇新的灵魂将被一份倦怠淹没
空如一只纽芬兰犬宽阔的凝望。

啊，女士！这的确没道理
若一个人并非真的蒙娜丽莎，
却要适应她的方法和举止
将可怜的世界拖入一片蓝色的颓唐。

---

① 法语："皮埃罗之语"，出自拉佛格《仿月亮圣母》（*L'Imitation de Notre-Dame la Lune*，1885 年）。

② Jules Laforgue（1860—1887），法国诗人。

II

啊！那神圣的着迷
我是为西达利斯[1]而养成
既然她已逃脱了
我的月之感性的捕获！

的确，我轻轻啮咬着沮丧
在她疆域的花朵之间
唯一的目的是发现
她独有的秉性是什么！

——它会是我的，你说？
唉，你知道我多么反对
僵硬地拒绝那些
似乎太过即兴的姿势。

III

啊！没有月亮，怎样的白夜。
怎样机巧满载的噩梦！
我不是在那里看见你的白天鹅？
不是有人来将门把转动？

---

① Cydalise，法国作曲家皮尔内（Gabriel Pierné，1863—1937）所作芭蕾舞剧《西达利斯与牧神》（*Cydalise et le Chèvre-pied*，1914—1915年）的主角。

是你的错让我这般模样。
我的良知看见重影，
而我的心在浑水中钓鱼
为了夏娃，蒙娜丽莎和大利拉[①]。

哦，用那无限的长音符
我盘腿劳作的拱梁，
来吧，——就对我略加安抚
以你这一性的为何与因此！

1922 年

① Dalila，《圣经 · 士师记》中将参孙出卖给非利士人的女人。

西部大平原

草原犬鼠的细小声音
不知疲倦……
它们将发出三轮欢呼
同样地送予驿车，骑手与普尔曼车厢，
又像献给月亮一般全无节制。

而菲菲的蝴蝶结和鬈毛狗缓解
晕眩，它们聚拢在
电影皇后洛蒂·蜜露[①]的大腿上
朝向众律师与内华达。

更有多少他们无法看见！
呜呼，时间如此之少，
这些日子世界转得如此之快！
藏身于丝绸内并非他们的方式——
然而他们却认识短柄战斧。

---

① Lottie Honeydew，未详，或为杜撰的名字。

确然，旧记忆归于重生；
可悲的狺吠有时曾经问候过
抵住玻璃的鼻子。

1922 年

美国的普路托式[①]迷狂

致敬E. E. 卡明斯[②]

偏爱泻药胜过饮酒
全美国都在说
“我的肠子今天怎样？”并
以各种方式感受它们并
窥视着
那一头山羊（不可压榨）
它很久以前就被踢走了——

或，甚至想着
什么东西——**哦**！
不可思议地——**哦**！
醉得上头！——那些芳香的柠檬！
它们简直就让你的彩色糖浆
跳动！——是的，**跳动**！

这国度的嘴唇又薄又紧
含着公正。然而倘若
记忆管用的话那里仍有

① Plutonic，普路托（Pluto）为希腊神话中的冥王。
② Edward Estlin Cummings(1904—1962)，美国诗人，画家，作家。

来自杜松子酒 – 雏菊的导泄法以及
处女头发蕨草，而**布朗克斯酒**[①]
一点也不臭

这些
和其他的自然语法专家都完 –
全 – 绝 – 对 – 地必不可少
对于一场**更 – 自由的行旅**——（**并非**
去印度，哦你这忠实者，
而是一点点**后门的尊严**）

1923 年

① Bronx，一种鸡尾酒。

间奏曲

致拉谢斯[①] 所作 *La Montagne*[②]

你的时间是欲行的你
形容慵懒有如收获
浩瀚于一身汇聚的丰姿；两臂
要伸开；双手要交出它们的贝壳

一边滋养着
你自己，馈赠予你
无可局限而毫不顺从者
（此刻并无直觉徒劳地献媚）

你自身
为天空所登临以度量，就这样
展开未受考验的你，——直到
从此刻被禁止的沉睡与你
体内宽广的部分——流转着

递送消息并重新加速

① Gaston Lachaise（1882—1935），法国雕塑家，1923 年在纽约结识哈特·克兰，并将其雕塑《海鸥》（*Sea Gull*）的铸模赠予克兰。

② 法语：《山》。

这只杯盏重又远离你的咽喉以穷尽
那些无人租住的溪流和斜坡你都
曾经认识……而至福的

圣母，随你的孕育而生
我依然存在，奇异正如
从你敞开的双乳太阳仍将
再次环行又一个晴好之极的日子。

约 1923—1924 年

三月

苏醒至冷光下
湿润的风摧动着
震颤的树枝。墙垣
赤裸。暮色阴冷——
而当太阳拍打尖顶
它们的闪耀缩减
向上……

三月

沿地面滑行
像一只老鼠在褪色
柳树[1]下，有点饿。

流浪的冬之幽灵，
是不是这个让烟囱
依然忙碌？因为某物依然
在轻推墙板和窗子：

但摇摆不定——这幽灵

---

① Pussy-willows，一种北美柳树。

这蓝灰眼圣人般的
冬之魂湮灭
并且知道它的湮灭。

1927 年

崩坏之塔

黎明时分招唤上帝的钟绳
将我遣走仿佛我已抛落了那虚度一日
的丧鸣——去漫游大教堂草坪
从坑穴至苦像[1]，脚在出地狱的阶上发冷。

难道你不曾听见，难道你不曾看见
阴魂的军团在塔上，肩膀摇着
交替合奏的排钟，后者的启鸣先于
群星被捕获并被蜂藏在太阳的光辉里？

钟声，我说，钟声摧毁它们的塔楼；
回荡何处我不得而知。它们的舌头铭刻
鼓膜直透骨髓，我久已散失的
断续乐谱……而我是它们的司事奴隶！

椭圆的教皇通谕在峡谷中堆积
声部高亢的僵局。被屠戮之音层叠！
宝塔，晨号跃然而出的钟楼——
哦梯台状的回声俯伏于平原之上！……

① Crucifix，耶稣钉于十字架的图像。

因此是我走进了崩坏的世界
去追索幻想中爱的陪伴，它的声音
风中的一瞬（我不知被抛向何处）
但并不长久保留每一个绝望的选择。

我的言辞我尽已倾倒。但它是否与
那空气的裁判君王同源，谐曲
其腿股化泥土为青铜，叩击水晶神谕
在曾受寄望的伤口之中，——裂成绝望?

我血液的陡然侵袭并未留给我
任何答案（血液怎容得下这样一座高塔
恰如真切抛出的此问？）——抑或是她那
甜蜜的必死在激荡潜伏的力量?——

透过她的脉搏我听见，计数着那些叩击
被我的血管重忆与添加，苏醒并确定
我的胸膛唤起的战争之奉告祈祷：
我所抱持之物已愈，如今原初而纯净……

并且建造一座塔，在内部，并非石头
（并非石头可以封护天堂）——而是一抹
鹅卵石砾，——可见的寂静之翼密布
于天蓝色的圈环，不断加宽当它们沉落

心的母体，将目光放低
参拜那座安静的湖，并筑起一座塔……
那片天空宽广、高远的仪典
启封她的尘世，并在它的阵雨中将爱升华。

1932 年

未发表诗篇及断片
Unpublised Poems and Fragments

一支给快乐宴饮之日的歌

一支给快乐宴饮之日的歌，
一支给福运的冷遇的歌，
调门喜悦而充满慰藉——
博比·彭斯[①]的欢畅歌曲。

1914年

① Bobbie Burns，一种苏格兰威士忌鸡尾酒，其名源自英格兰诗人罗伯特·彭斯（Robert Burns，1759—1796）。

十四行诗

精灵般的夜晚之前会散落又一个白昼
希望破碎于她乌木权杖的保护之下，
或者衰颓灵魂的最后火焰纷纷颤抖着爬行
似白的细烛，而更昏暗，搏动至熄灭，
然后你将到来，哦圣者，一声魔法长音
来自午夜的紫色风琴呼吸，并掠动
阵阵豪迈的回声自奔涌的海岸至悬崖，
球果树林呼唤的蓝色高地靠近峰顶喷洒
霜的流苏透过你的八度音……而自
月遁的山谷阴影，将会升起一道裂缝，
全部尘世的祈求，缄默的小夜曲，
低诉，“塞西莉亚[①]，圣者，留给我们你的赠礼。”
然后你将把睡眠赐予，最终的那首歌，
然后时间将遣发黎明的群星去漂流。

约 1915—1916 年

① Cecilia（约 200—约 230），基督教殉道者，被尊为音乐与音乐家的守护者。

上帝弄瞎的飞蛾

在一片遥远绿洲的椰果棕榈间，
孕育在阿拉伯的月光之下，
有生于镶嵌细工椰枣瓶中的蝴蝶，
从黄茧里浮现出乌黑与朱红。

有人说为了甜蜜它们无法见远，——
它们的土地太美而打开不了它们的眼界
地平线如刀一般只会划破
它们的欢悦，用一派荒芜的钢流——

说只在它们的月亮限制视线时方能见物，
它们的母亲，月亮，标记一道光晕
于专有的小小绿洲，条分缕析，一个切口，
内嵌有黑夜全部的亿兆珠宝。

因此它们中午在黑棕榈树皮下沉睡，
只在白昼目盲，却记得很快
她会在傍晚激起它们隐藏的翅膀以点燃
无数红钻与细烛在绿洲的蓝色阴霾里。

但一只飞蛾眼上的薄纱是与生俱来

倍增太多连他的视线都无法集中
在夜间那凉爽的天堂圆环之上；——
从未有光线穿透那蜜糖般厚的釉面。

而他的翼尖，上有神秘的记号
与大宇宙的圈环，不曾赢得奴役的嫉羡，
他们嘲笑过他，如此卑下，被捆绑于此处
在夜里像一粒沙子，无用而枯干。

然而有一回，他得知他双翅的那种翼展，——
那盛开，他当时感到了萌芽的力量
正当他者被所有醒来的事物眩盲之时；
而他甘冒沙漠之险，——他的双翅攀升而上。

看哪，在那个黎明他正扮演着皮埃罗，——
以螺旋状回转环绕白昼新鲜的双乳。
沙漠的壕沟正在融化，从三叶草
到黄色，——到水晶，——一片白色浪花之海——

直到太阳，他仍回旋着，全白地疾掠而出，——
虽在他眼中是眩目之夜里一个黑色的神；——
并无一辆云车在那宽广无孔的蓝色里
太阳看见一枚红钻在永远闪耀，飞翔。

在光的长流中沸腾与环行
热量以章鱼的臂膀引领飞蛾上升：

蜜蜡之眼找不到任何警示，
它们却淡淡地盲烧如一只橙子被削白。

而那对巨翼的赤热嗡鸣是他的歌
当他看见在他下方他全族已避开之物——
浩大的地平线与地质系与滨岸一路而下
沿途清凉之月的蓝潮被慢摇与日晒。

只容少许时间，因为视觉烧灼之深
恰如他的失明之前曾凝冻于地狱，
他的翅膀原子枯萎，——已逝，——仅剩一跃：——
往沙漠，——回，——落，——他仍寂然坠落。

我曾长年搜寻一朵沙中的火花；——
我的双眼拥抱过美与有翼生命的短暂时间。
这些事物为我所有：——一只枯萎的手；——
昏暗的眼；——一条无法诉说的舌头。

约 1915—1917 年

致土地

要真诚，土地，——和善良。
这朵风暴中开放的花
已随过后的静谧而凋落。
要真诚，土地，——和善良。

约 1916—1918 年

美杜莎[1]

“与我一同坠落
穿过酷寒的星辰：
与我一同坠落
穿过狂野的光芒：——
沉沦
在没有歌
而只有古老凄风之白发的所在。

随行
进入绝对，
进入令人晕眩的混乱，——
那永恒沸腾的混乱
我的发绺！

且看你的情人，——
石头！”

约 1916—1918 年

① Medusa，希腊神话中的蛇发女怪，人见其首即石化，后被英雄珀尔修斯（Perseus）砍头而死。

冥想

我已将我的手抽离
伸向平和与白昼的灰色边缘。
枉然的希望与失去的遗憾的行板
降落如慢雨低诉以便遗忘，——
如一首既不问也不答的歌曲
它以清凉沐洗被玷污的唇和眼。

我已将我的手抽离
终要去触碰未采的玫瑰。哦停下来，
正在消散的幸福一刻！喧哗中
早在天空之上，夜的唱诗班领唱
已从茉莉花月亮拂下一片花瓣，
而苍鹭已经过，唉，好快！

我已将我的手抽离
像船舶在浮升与喷溅中寻求引导
于催促它们去往一个未知目标的群星。
漂流吧，哦警醒者，哦不安的灵魂，
直到那只熠熠闪烁纯白张开的
天堂之手终为你所阅读和领悟。

约 1916—1918 年

手的插曲

不期而至的关切令他脸红。
忽然间他似乎忘了疼痛，——
许可，——并伸出
一指离开其余的手指。

那道裂缝在流血，而一缕阳光
在轮间忽闪着进进出出，
落得轻盈，温暖，直入伤口。

就像工厂老板儿子的手指，
对书籍与网球颇有把握
还有一根要留给铁与皮革，——
当他绷紧，空闲的手指缠纱
裹住伤口粗厚的底层，
他自己的双手在他看来
就像是蝴蝶的翅膀
在夏日遍野的阳光中扑打。

瘤与痕，——密布于他手握的
那只宽而深的手中，——似乎很美。
它们就像野矮马嬉戏的印记，——

串串新绿击破一块坚硬的草皮。

而工厂的声音和工厂的想法
被那只更大，更静的手从他身上驱除
它就搁在他的手中阳光照耀着它。
而在绷带的绳结被拉紧之时
两人相对莞尔笑入彼此的眼中。

1920 年

埃斯塔多尔桥[①]

&&&&
一首即兴之作，
美学的
长篇大论

昂然行走于埃斯塔多尔桥上，
此前从未有人走过那里。
有一座湖，或许，有阳光
轻拍于其下，——或微暗的
仓库的腹部与港湾，
被烟的绳索缚扎成捆。

不要想得太深，你会发现
一个灵魂，一个元素尽在其中。

你怎说得准美会现身在何处？
我曾听见手为它们所造之物获赞。
我曾听见手为一行又一行获赞；
然而一道伤口被阳光疾刺透过

① The Bridge of Estador，疑为杜撰的桥名。

一团绷带射入其中，却令我思索
我之前从未见过一只手。
而这只手粗厚又满布着疣子。

高立于埃斯塔多尔桥头
此前从未有人到过的所在，——
我不知道你会看到什么，——你的视野
或许还沉睡在月球上，等待着
潮汐的遥远完成将某些
梦境的残余彻彻底底投掷到岸上……

但有些是扭曲的，充满了
对不可调和之物的爱，——
斜月与倾斜的山：
哦美的傻瓜，哪怕你从来不曾
再见过它们，你也不会忘记。
曾在你面前跳舞的众神也不会
当你的手指在群星间张开。

　　而你们其他人，——跟随你们的弯拱
去往天空的什么角落，它们牵引你们，——
皮埃罗的永恒之眼，
　　或是，高康大[1]的笑声。

约 1920—1921 年

---

① Gargantua，拉伯雷《巨人传》的主人公（参见《白色建筑 · 赞美一个尸灰瓮》脚注）。

约拿[1]之后

在我的开端是回忆，不知怎的
与约拿相左，那首要的婴孩
属于未受洗礼的消化，身为一块小食
以唤起对耶路撒冷，亦是对自然的怜悯。

我们让他在陷阱中的旅行被如此广泛地
反刍，——关于他在那里如何受困，被改造，
被宽恕，同样——
并打嗝回吐像一个为我们全体增光的词。

上帝之中并无沉淀的水塘。必须容忍
即使祂的肚肠也太柔弱而收留不了
一个留着副虔诚胡髭的偷袭窃贼。
我们必须把没剪过毛的羔羊招呼回来。

哦美妙幽深的鲸鱼如往常一样扩钻天空
用高而白的蒸汽漩涡，来严惩

---

① Jonah,《圣经·约拿书》中的先知，被一条大鱼吞噬，三天后生还。

我们的罪，但要好客如地狱。
并将我羁留到死如龙涎香一般，
密密封起，在我的囚牢中不被宽恕。

约 1922—1926 年

欧几里得大道[1]

存在还是不存在——？

但是就这样存在为居民黄貂鱼——
鼾鸣如罗马化的民族会抛掷
五月时节的检视缓慢……六音步
为匪徒悬起护裆布带，而浪－

平淡（游者）怪脸普鲁塔克[2]之鲈。而鱼钩
扎入绉纱的襞褶，后者黑黑地覆盖
破裂的门……所以蹲下。修正

那就；并且钉住。

横扫……
那只裂蹄是干净的。然后收获
曲调，紧扣遗忘仿佛机遇
可以抽离所有答案除了被选中的咆哮。

---

① Euclid Avenue，俄亥俄州北部城市克利夫兰（Cleveland）的主要街道。

② Plutarch（约 46—约 120），古希腊作家，哲学家。

现在停止，有如从不，从不。说吧

有如电报继续，书写，将
你的学问（停止）击穿断裂的肋骨；监狱
（条纹）回答欧几里得。爱因斯坦弯曲，但并不
胆怯。牛顿是否将圣餐带上轨道
也再不取任何林荫大道？我说……

因为有雕像，形状为你们的习惯
所废止。你等习惯。你们流行，——盛行！
你等
再来一次食物与腌汁，像所有的我在帆下。
我的朋友们，我从没想过我们会失败。

那只肮脏的孔雀的骄傲，曾是血污上帝自己的故事：
它不再契合了；不，荣耀从未
行走在欧几里得大道之上，威廉也不曾。
漂白或变黑，无论是哪个。什么奶水
我们已放进了被摧毁的猪猡！我说……哦，好吧——

但是我说，一个多么美妙的机会，小子们。再无
癌，嫉妒，住所或下水！死亡，我的小子们，
也没有闪光信号灯——

四弹射向谁知道怎样——多

少究竟不受监督

直接从我嘴里抓出那最后的咀嚼——
就在欧几里得大道那里。

约 1922—1926 年

致佛陀

你全然处于此类问题之外，
你的声音之泉精美的底端
被宣扬停泊在天堂，你还知道
为他者压制的欲望之切线

约 1923—1924 年

“山形墙……”

山形墙塞满无雨的
丰饶天空
允许一首歌进入这条街

允许一首歌摇摆应和绳子
与跳跃的脚
在由下面弹回来的笑声之上。

1923 年

喂 / 喂 / 根本不是

呀咯 – 呼啦 – 嘻琪 – 嘟啦
匹科 – 德拉 – 米朗 – 多赫赫赫 – 啦
列奥纳达 – 德拉 – 痒 – 芬奇
es braust ein Ruf wie
DONNERHALL[①]

噗呋呋呋！

1923 年

① 德语："一声怒吼有如 / 雷鸣"，德国诗人施内肯布格尔（Max Schneckenburger，1819—1849）作词，德国作曲家威廉（Karl Wilhelm，1815—1873）作曲的军歌《守望莱茵河》（*Die Wacht am Rhein*）的第一句。

“有关一天傍晚”

有关一天傍晚

努力取得些许体验

（用英语）

到

夜里

EEEEEECCCUUUMMMMMMIIINNNGGGSSS[①]（简称） 69

腕网韵

和戳 -

，点微笑；

属于珍妮维芙[②]

开口

回击

我早知道，早知道我的脚

？继续）是一罐苹果酱

你们

一部分打着嗝 POCHETTE[③] 留下它

---

① E. E. CUMMINGS（E. E. 卡明斯）。
② Genevive，女子名，本义为“家中的妇女”。
③ 法语：“小包”，亦指一种小型弓拉弦乐器。

去你 绒，面革
滚珠轴承

芹菜 = 咧嘴

让人想起 – 想起 la guerre[①]

　嗯
三人统治[②]（抹乳膏跳舞的母狗）
用海伦[③]塞住，（你正是这么做的）
我直立拥挤的口袋

笑戳

,，此外：哪个
四月有
一个
词要说：上等）呃（！
当摸索着掏内脏汇集　　精。
确略微，哦 – 这样手淫在 /
去到

---

① 法语：“战争”。

② Trimvirate，古罗马的三人联合执政方式，尤指公元前 60 年恺撒（Julius Caesar，公元前 100—公元前 44）、庞培（Pompey，公元前 106—公元前 48）与克拉苏（Marcus Licinius Crassus，约公元前 115—公元前 53）的三人统治。

③ Helene，希腊女子名，亦指特洛伊战争的海伦（Helen）。

些许天堂。抱　紧　赐福
蠕虫发着颤音皱褶涌向
悲伤的铁

　　　　　　爱的
　　　　山羊－
　　　　半－结肠
　　　　吹笛（急泻）

1923 年

并非何物[1]？

致："哦勿葬我
　　于孤独的草原，
　　那里野生的土狼
　　会呵噢吼我！"的合唱队

何为并非何物
若并非何物否定
并非你原本以为
它所是之何物 ？

哦贝伦伯格[2]并不
走拉奥孔[3]舞步。

不；　并非
世界语的何物尽可是
莱辛[4]对于并非

---

① What nots，古董架，亦指琐碎，未知，不可名状之物。
② Berenberg，源自 16 世纪的德国金融与商业家族。
③ Laocoön，希腊神话中的特洛伊祭司，因警告特洛伊人勿中木马计而与二子一同被海蟒缠死。
④ Gotthold Ephraim Lessing（1729—1781），德国剧作家，评论家，著有评论著作《拉奥孔：或论绘画与诗歌的界限》（1766 年）。

古瑟利[1]们的
加上乱射双重
双重你威廉斯[2]：

所以　蛤蜊不开
向调皮的并非何物　！

何物一大堆腐烂，并非
祖母曾经热衷之物，　你
说：　所以
我也是啥。　但

是什么结与点
提醒你想起毋－
忘我　　　？

1923 年

---

① Ramon Guthrie（1896—1973），美国诗人，小说家，批评家，画家。
② William Carlos Williams（1883—1963），美国诗人，作家。

在一座庭院

他的手在厨房里改变
靠近火炉：她稍稍移动，
如蜡像对着他的凝望
跟在火焰和移注之后，——
每一颗火星啮合成白，属于
他最庄严的胃口的一部分。

我望向厨房里面
他们坐的地方。
我屏住气息好让平和到来
在脂肪被抓住而瘦肉
被紧扣之处，
而手指是一副牙齿品尝
与嗅闻。

1924 年

附一张照片给泽尔[1]，现寄往西班牙

从布鲁克林高地[2]看得见海湾：
并且，泊在我的窗台上，
我曾时常整天坐着瞭望
船只川流不息映着锋锐的
曼哈顿天际线，——无休无止
它们的桅顶鱼贯出海。

就这样，当您看到我在这里
（尽管柯达拍得有点失焦，
我的双眼仍有恰当的位置）
我正向您的码头闪传问候，
您的船，您在法国的公共汽车——
载您滑行或腾跃的一切事物
走进阳光的西班牙，亲爱的泽尔。
好住宿，好食物还有好酒！

我希望知道这些祝愿是一个真的
预报。期盼收到您的消息。

---

① Zell Hart Deming（1868—1936），哈特·克兰的教母，记者与编辑，1924年赴欧洲旅行。

② Brooklyn Heights，纽约布鲁克林一街区。

信封里请放几片花瓣，来自一道
卡斯蒂亚[①]的玫瑰墙，抑或花园小摊；
而我将在这个旧地址等着，
亲爱的阿姨，教母，编辑女士！

1924年

① Castile，西班牙中部地区，旧时为独立王国。

“就这样……”

就这样在此处十一月摘取树叶
只为播种破相于初雪之中
雾气曾逼近我探究的夜晚，确然
如城市占有了可以相遇和离去的我们
（或已分别，热切超越任何海洋，
在如今没有翅膀可以孕育的词语中）。

为此有一道横梁穿过我的头颅；
其重量不像满溢的天空拱起，其边缘
不成斜角，它的巨体为我所接受，
在额眉之上胜得并不轻松……

而，如此勾边，太阳升起或可察觉
（我必定等待过如此设计的一天）
在她浴缸里吹着口哨的老妇，
被追求的天空中一座换洗衣物的迷宫；
而在内部，向下走过阶梯
勿再去往我曾见过的白色建筑，
任由我在这里低诉一个回答
仅仅向着这根收割我头发的横梁。

笼罩在东方的汹涌之内要宣读，
“这些都是你被不当使用的事迹。”——
而手臂，白而温和地被扯下，流血吧。

1924 年

“你就是那虚弱的……”

你就是那虚弱的决定，设计了
它们有关人类需求的最低平常倍数，
并基于那黯然的假设不惜搭上那份奖赏
对你为贪婪而诱骗的一切的健忘……

约 1924—1926 年

“你什么也阅读不了……”

你什么也阅读不了除非是通过胃口
而此处我们聚目于那神圣之中
这里兄弟经过兄弟视而不见，
但终于懂得欢宴……

所以走吧，直到你的转身与你的错。
那就寻找至福吧，兄弟，在我此刻的耻辱中。
阻碍经由言词传递的这一切
必会降临你，经由刀剑划定的伤口：

仇恨不过是一个漫长爱抚的复仇，
而名声以耻辱为枢轴，让每一轮太阳
都乘着永恒的漫长意志升起……
睡去吧，好兄弟，在我的名声，我已销的耻辱之中。

约 1924—1926 年

致自由时段[①]

用海鸥的呼鸣与风
在这陌生岸滨之上我打造
处女。他们笑闻
我如何赠予她，伫立着
头发为大海所嘲弄，她的情人
一个死去的水手，甚至
对海伦的名声一无所知。

点起最后一支火把，在墙头，
海堤之内。先别给她任何衣袍。
他们在这个港口没见过她；
两眼分得很开，清澈，却细小。
是他们必须战胜迷雾，
还是我们必须撕碎我们的梦？

准备好这些礼节，这份致敬
舷梯以此为食，期待这份认可。
事物变成各自独立，终极——
当我变得更完整

---

① Liberty，水手被获准上岸的一段时间。

无限——渐进的一切
即一阵笑声最后
挣扎

约 1924—1927 年

纳西索斯[1]之镜

他们裁断，他们的视野之狭窄
排除我言说的证据。我又当
如何打造他们死去良知的证明
给他们自己，那些生于上帝之人？
他们只会发笑，而长久地推迟
他们的继承，冷嘲所有的疼痛，
而作呕吐回白白吸取的熏香！
——哦分秒的挽歌，便鞋的疼痛，
哦纳西索斯之镜，何时是你的衰颓？

他的完美意象死在舞台上
或是收获，对众神而言无关紧要。
水流淌，分裂他的收获——
爱着冥河，他看见雨
用他自己的语调言说不同
在他赋予如此哀歌的土地之上。

你的重复凝结因此我的疼痛……

约 1924—1927 年

① Narcissus，希腊神话中眷恋自己在水池中的倒影的青年。

大师们

他们的脑是流畅的机器化太阳为
殖民地，——他们的眼是一个崩裂的彼世的原子。
他们必须以诠释驱除一切呜咽与欢笑，
随后标注，细分并否决
每一个先前的实体 *****
我曾看见他们将老式的民众调离舞台
并嘲弄他们的心因为他们的心曾经言说得更好，
阐述一切，按派别与派别被划分开来。

约 1924—1927 年

“她的两眼……”

她的两眼原有绝望日子的蓝，
明亮生寒；我曾见她的头发松开，
最终，不为任何留给她去了解的事物所认可
她已然获悉天堂不是一个蛋卵的问题
或别的什么，她的特权曾是静静地
脱下衣服，在她曾经守护的一面镜子里
之前始终处于不断校正的状态。

就是这人，在我问她是怎么死的时候，
曾问过我为什么她最终的快乐呼叫
本不该在某处发现一声回响，而我终于
站在她面前，如在一堵墙边，倾听着仿佛
我听见了霍洛弗内斯[①]的吐息烤炙着
犹迪的冰冷前胸穿过她的正义岁月。

1925 年

① Holofernes，参见《白色建筑 · 酒之兽园》脚注。

“哦月亮……”

哦月亮，你清凉的太阳嘶音，我等至爱
一名贵格教徒在云朵让出的天际——
因为你提交一个答案，一个高于
午夜的其他一切——我们不应如此
我曾在你的符号中祈求一个传递者
　　　　　　你自由的勤勉
你的跳跃与僵硬边缘之上的花瓣
再无他者敢在此打下楔子
哦月亮收割天气于麦芒之上
每一枝荞麦都被蜜蜂在他最盛时获取
你的母亲，太阳的嘶音，是葡萄藤

约 1925—1929 年

透镜

在傍晚的焦点中有着这个岛屿发出锯木坊的嗡鸣，采石场的吱嘎与炸响；锻炉，錾子与耕犁。

而路边的白痴男孩，一双碳化的眼睛，大笑着或拉伸一只阳物穿过格栅，——朝一只高飞在午后的风筝说话，或在暮光中透过一只打开两次的西红柿罐头扫视路上煤渣中间的鹅卵石。

还有工作，血，板油和汗，——酒和曼陀林的冗言赘语。午夜；或许还有爱……

而在那里，当布吉先生在他的舞蹈
病将他带走之前解释——有三
三得九，希望的血浆，猿
猴的警觉，鹦鹉的重
复。门上的锁和苦
痛的唇来舞蹈
其上。还有

做这些的时间；做这一切的时间，因为牲口和鸟儿
知道，布吉

先生——
为什么
你
死得
这么
早
?

有
这扇愤怒
之门

约 1926—1927 年

约瑟芬皇后[①]雕像

马提尼克岛[②]

恒常的图象

你，止住涨涌的泪水、爆发的你
曾经亲吻，爱抚过飓风的模型
后者被汇入羽状叶片并谱成乐曲
撕裂的月蚀在棕榈照亮的纽带里
勿拒我进入这个甜美的加勒比黎明
你，曾经回望过丽达[③]，见过天鹅
在涡流中的你，催促那指定的冲锋，
战胜我们的间谍与欺骗的唾液
现在你或可计算你的淫荡之行——
还有我，但不和她一起，——

我依然拥有它——那确定的深思——
把它留下，把那句加勒比赞美留给我

① Empress Josephine（1763—1814），拿破仑的第一任妻子（1796年结婚，1809年离婚）。

② Martinique，西印度群岛中向风群岛（Windward Islands）一岛屿，1502年由哥伦布发现，1635年后为法国海外省，首府法兰西堡（Fort-de-France）立有法国雕塑家杜布雷（Gabriel Vital Dubray，1813—1892）所作约瑟芬皇后纪念雕像（铸造于1859年，1991年被斩首，2020年被摧毁）。

③ Leda，希腊神话中的斯巴达王后，被化为天鹅的主神宙斯诱奸。

我索要一份虔诚的专注
来确定地将你从记忆里唤起——
你的慷慨由放弃与关怀引发。
愿你的死亡神圣，对于所有分享
爱与信仰的呼吸之人，至为重要的新娘
你死去不是为了你这一边的征服者们
也不是为了那枚交媾之果即孀居的尊严

约 1926—1927 年

在一个考验之日向缪斯祈愿

"多少个黎明，自他起伏的静息生寒

海鸥的翅膀会——"[①]

举起它在一场高风之中。护甲弯曲盖过胸铠，并且尽在高速挡位。我曾远望而见河水升起。森林本已散尽它们的溪水和支流。德·索托[②]的骸骨何时才会乘狂野激流而下？庞塞·德·莱昂[③]何时才会想起哈默菲斯特[④]？有些时候升盐面包[⑤]曾在我全身爆出令人发指的溃疡。若你不能残虐一架机器，要它何用！机器就是造来残虐的……傻瓜都弄不坏。人类从未被喷射，被孕育，被环接，被排放，被护理，被掌掴，被矫正，被教育，被训斥，被嫁娶，被离异，被娇宠，被去势，被爱与被诅咒，被监禁与被解放，在被抹灰，被惊吓与被倾轧，被腌制与被扼杀以外——他们从未注定要被虐待！你于我不过是中国人，哦月亮！一支类人猿唱诗班给你，让你的双球被轻浮的红笛鲷啮咬。潮水会升起——曾经升起。我勒住了那尾鞧，用一副强征

① 《桥·致布鲁克林大桥》的开头。

② Hernando De Soto（1496？—1542），西班牙探险家，参见《桥·坡瓦坦的女儿·河》脚注。

③ Ponce de Leon（1460—1521），西班牙探险家与征服者，波多黎各第一任总督，1513 年发现佛罗里达。

④ Hammerfest，挪威北部港口城市，世界最北定居点之一。

⑤ Salt-rising bread，用加盐的陈面团作起子自然发酵的面包。

的套索，以白老鼠尾巴与俊美额毛嫁接而来。老旧的后桅顶升起，但尽归徒劳。那是狂野的一夜在浪花与光滑的浣熊之间。所有的手枪都身着白格子而来，前所未有地眨巴着；但对虾一直挺到将近破晓，——傻笑着，傻笑又含糊其辞。到我抵达柏林的时候——抑或是上海？——就再没有缝合线给伤口，也没有乌龟给望远镜了。"真是浪费了永恒！"我对着你曾经打烂过的最著名麦克风的耳朵大吼。随后风起，我在一件被抛弃的白鹭羽毛头饰的怀抱中窒息而死。

这些莫桑比克的皮肤科医生自此便掌握了我。他们说我的手指烦躁，说我不过是我先前的弑兄之行的一个囊泡……我该怎么办？我坚定地咀嚼并咬掉我的所有指甲。我实践发明 / 到可理解性的边缘。我侮辱我的所有朋友并狂暴地骑鸵鸟横穿育空[1]，而鹦鹉却斥责我伴随着最贞洁的女用手包。凭着蛾摩拉[2]的所有谜团，我提问，在这样一条赝物的沟渠里一个张着大嘴的美食家又能捞到些什么？！！

约 1926—1927 年

① Yukon，俄克拉何马州中部城市。

② Gomorrah，《圣经》中被耶和华毁灭的城市，位于约旦河东岸，死海以北。

“大海筑起了……”

大海筑起了一座钟楼……我听见的风
分享着盐水，回旋着化作阵阵涌来
的水柱，被阵阵涌来的碎浪截断
回到怀中，——我——她，入于诞生之力……

约 1926—1927 年

永恒

九月——记住！

十月——结束。

野蛮人隽语

结束之后，尽管风仍在恶狠狠地吹，
老妇人和我寻到几件较干的衣服
离开了屋宅，或是它残留下的东西；
屋顶有些部分去到了尤卡坦[①]，我猜想。
她几乎——甚至在那时——被吹过好几块地
在山脚下。可是那镇子，镇子！

街上满是线篱而中国佬来来回回
手臂都绑着绷带，灰泥遍地，处处砖瓦，
还有古巴医生，骑警，货车，乱走的母鸡……
唯一没有颓然跪倒的建筑物，
费尔南德兹酒店，被征用为囚房
装收押的黑鬼，捆扎好了准备解往
哈瓦那，乘第一艘过境船。他们呻吟。

① Yucatan，墨西哥南部至中美洲的半岛。

可是有一艘船么？在码头的旧址边你看见
两层甲板三明治般打开，相隔六十英尺
还有一个漏斗又高又干在公园附近
那里一只发狂的孔雀在罐头堆中翻找。
似乎没有一个人能获取一星半点
来自外面的世界，却爆出了某个谣言
说哈瓦那，更不用提贫穷的巴塔巴诺[1]，
半已沉入水下连同火灾频发
自此若干小时——所有无线广播也停了
当然，那边也一样。

回到原先的屋宅

我们挥铲流汗；眺望妖魔太阳
让山起泡，如今一片光秃，没了棕榈树，
一切——并舔食草地，黑如漆
革，已被起霜的白风上釉。
一切都已消失——或散落成千疮百孔之态——
长长的热带根茎高悬在空中，像饰带。
而某人的骡子吐气，就在泵边摇摆着，
天哪！仿佛他在那里沉落的躯壳
是先行注定的死亡！你已经捏住鼻子
一路上，不断乞求兀鹰，秃鹫……
骡子失足，跌撞。我不知怎地就是没办法
举起一根棍子，怜悯他的昏沉。

---

① Batabanó，古巴马雅贝克省（Mayabeque）一城市。

因为我

还记得那笔奇怪的马匹之赏赐
——一匹我们的，还有一匹，一名怪客，随黎明爬起
穿过凄凉，倾泻的光走出那片竹林
在风暴将尽之时。莎拉也看见了它们——
啜泣，是的，现在——快结束了。因为它们知道；
天气就在它们的鼻子里。有堂——但是那匹，白的
——我不能解释他！确实，他站立
如一道巨大幻影，鬃毛是记忆中那一夜
尖啸的雨——永恒！

然而水，水！

我摧打那头晕眩的骡子上路。他走了那么远
随后倒下死去或濒死，但那没什么大不了。

翌日的黎明密布着腐肉的阴霾
四处流窜。尸体被冲入坟墓
而并无葬礼，当铁锤在镇子里猛敲。
道路正被清空，伤员被送医
救治，似乎是这样。在适当时间内
总统派遣了一艘战舰它烘焙了
大约两千条面包在路上。
医生从飞机机舱里疾奔上前。
热病被抑止。我在麦克酒吧站了很久跟

水手们聊纽约，关塔那摩[①]，诺福克[②]，——
喝百加得并聊美国。

约 1926—1927 年

① Guantanamo，古巴东南省份。
② Norfolk，美国弗吉尼亚州城市与海军基地。

“且梦想你的帆……”

且梦想你的帆，哦幻影小舟
让我可以再来讲述你淹死的人们
或许就像威尔·柯林斯[1]有一回说起云雀，
并留下我在公海上半梦半醒。

因为谁会抬起头朝向烟囱的烟，
谁又再一次将悠闲的风骗回
当他们被抗争——与求爱？他们此刻唯有激起
他们的虚荣，而绝不徒然梦想陆地。

旧时曾有一个应许，而你的帆
从未保守过任何信仰除了风，寒流
——灼热变幻的风，男性之众的呼吸
从未被囚禁，不不是煤烟或蒸汽。

约 1926—1928 年

① 未详，或指英国诗人威廉·柯林斯（William Collins，1721—1759）。

一则后记

友谊的苦痛！词语终于找上了我
满怀羞怯。我唯一的终极友伴——
鹧鸪与歌鸫，为我打上持续的印记
越过黎明断裂的弧线。不；是……或它们是否
清晰可闻的救赎，我信仰的旗帜
朝向远方的某一物，如今比以往更遥远？

回想那个黎明的薰衣草百合，
它们成英里的丝带，沿着铁道枕木
当人们接近新奥尔良，火车边的甘甜沟渠
过了西部沙漠，和以后的牛群国度；
和别的犒赏，如搬运工，笑话，玫瑰……

黎明断裂的弧线！和中午更为铿亮的房间！
然而却少有对于心灵正直善良的信心。
有车票和闹钟。有柜台和时间表；
和一个瘫痪女在西印度群岛中的一座岛上面，
安的列斯的[①]手指数着我的脉搏，我永远的爱。

约 1926—1928 年

① Antillean，安的列斯（Antilles）为西印度群岛的主要部分。

悲伤的印第安人

悲伤的心，惯性的体操运动员，并不计数
钟点，日子——几乎也不计太阳和月亮——
经纱在线纬之中——而他锐利的视觉
拼出他的舌头曾拼出的东西——仅此而已——
还有多少？——但鞭子，失去有利位置——而监狱
他的父辈曾视为当然的事物自此老去——因此他隐现

比他的日影更遥远——比翼翅更遥远
——甚至它们的影子——如今无法将他负载。
他不认识天空中新的嗡鸣之声
并且——向后——那么这是鹰在飞么？

约 1926—1930 年

“我将那确切的附属语……”

我将那确切的附属语接上我的行动
以确保绝无针对事实的不和谐音。
随后阿伽门农[①]的发绺生长成形
并没有我的先辈那无价的猿猴模型……
大猩猩死去——人文主义者亦然——他们令
比较保持清晰以求进化的无可逃避
以及人这无死的目标，属于他自己的软弱绵羊……

约 1926—1929 年

① Agamemnon，希腊神话中的迈锡尼（Mycenae）国王，特洛伊战争中的希腊联军统帅。

竿与柱

你可以扬起的事物，最迅捷的扬基[①]——
可能不像你的悲叹那样出色达成你的目的
当你一无所有除了魔鬼——致谢
你这可怜虫，透出四肢干净的异臭——

对于绞杀这事凯旋的阿耳戈斯人[②]——
　　运动的弥达斯[③]——爱那些萦回的
瞬间，它们预订一份细心的粪肥交给
你的所有后裔——并问太阳是什么时间
在你的手指十根尽失之前——以生物学
和已订婚的回答致予你所崇拜的野心猴子综合体。

约 1926—1929 年

① Yank，即 Yankee（美国佬）。
② Argives，阿耳戈斯（Argos）为古希腊城邦。阿耳戈斯人亦指攻打特洛伊的希腊人。
③ Midas，希腊神话中的国王，任何东西被他点触都会变成金子。

可见者不真实者

致 *E. O.*[①]

是的，我身为
我的幻梦的可怕傀儡，应当
将此慷慨赠予你——
兰花的稠密矿藏，一切为二。
还有那些指甲，紧掐着如此的
环境？
而那些坚定的相邻列表，
及其对厄运的全部热情又如何？

我戴着徽章
它们取消你的全部善意。直截了当
我眼望银色的齐柏林[②]
摧毁天空。为了
激发你的信心？
为了挑起何种制裁——？牙痛？

---

① 即埃米尔·欧法（Emil Opffer，1896—约 1980 年代），哈特·克兰的丹麦友人，1905 年移民美国，1923 年与克兰相识。

② Zeppelin，20 世纪初德国的大型飞艇、德国航空先驱、军官齐柏林（Ferdinand Zeppelin，1838—1917）的发明。

银色诗节……诗章
闪烁着神话……如此
距离向陆地跳跃而不带
邪恶的微笑。并且，至于我……

窗的重量颤动于它的盲目
分隔之中。为了扑灭我关乎信念的所有。
是的，光。并且永远
永远，永远是那永恒的彩虹
并且永远都是白昼，那不和善的告别之昼。

约 1927—1929 年

“我是否应当归纳……”

我是否应当归纳世界的阴影——
赦免我们全体的太阳黑子？毕竟
有那丝绺，有那幻影，
“Fantisticon[①]”，在我们相遇的喜剧中。
没有绕行的插曲
这，在炮弹与作战毒气的言说之间。
我凭冷酷之月的倾斜而知这份努力。
她，最糟，也是高坛——属于我们最糟的反影

血脉无可度量的界限，囚禁在心境里
距离繁荣于其上——哦空间的嫉妒！
我，这些浮雕宝石，雕刻——抵达你无限的洞穴——
探索这些动脉。何为草皮的范围？
被炸开的土块又何在

约 1927—1929 年

① 或为生造词，语义未详。

“温柔与坚定”

温柔与坚定
若无一只突然的枕头我们的生命又是什么——
若无一条水沟死亡又是什么？

明亮阿波罗的收获之笑
与人马座的燧石牙齿
来自同一下颌的韵律——（一扣一扣地接近）
将不知如何并不跟随的我们装袋，
仿佛我们曾经认识那些身为变体的人——
护身符——彼此间拒绝那拥抱

以绝望的礼节，其名被书写
于比字母表更广泛的字母中，——
现在又剩了谁去改变梵文
枕于

我的腕上，在时间的门廊——谁
会将它持握——戴上吧，亲爱的，那时间的纪念品——
归还一枚硬币上的蜃影，它拼出
什么文字有关尼罗河守卫的沙子与阳光……

约 1927—1929 年

“时间不可被束戴于……”

时间不可被束戴于纤柔的腕上
像任何搭扣的珠宝或手镯；不行，
女士，尽管系挂它的手指将
牡蛎从它的壳中扭出，可以引导那弓
穿过凉凉的弦，将一个持久的主张提升
到永恒之上。不行，女士

约 1927—1929 年

“我劫取我的胸膛……”

我劫取我的胸膛以抵达那些海拔——
以应战那无意义的震荡，来自
纯粹的高度——无限居于下……
下方平凡的无限创立者们的方尖碑，
我的幻象是一个宏伟的两难——

Place de la Concorde[①]！横越那拥挤的平原——
我战斗只为看见罹难的骸骨，高贵的
尸体属于一名将军，死去的福煦[②]，继续
前往废弃的拿破仑坑穴——荣誉的
守卫者，而非篡夺者。

我的同胞，——发放表格与布告——
给骨髓。你们终将认识
收获像你们曾经认识春天
但我相信如此的“残骸”，像我发现
依然存留的那样，呈现的证据有着远远更多的
意味，胜于那种齿轮行走的姿势
一只甲虫在一个沙坑里的动作。

1929 年

① 法语：“协和广场”，位于法国巴黎。
② Ferdinand Foch（1851—1929），第一次世界大战时的法国将军。

“充实我的放弃吧……”

充实我的放弃吧，当我篡夺那些遥远的
控制之假象——听见来复枪轰在雄鹿身上
在飞机下方——并看见狐狸的刷子
在红色山丘的危岩下悄然轻拂
——灭亡在各自一侧被挑起
因为爱正惊诧，保持某种欢乐——
死吧，哦，诸世纪，死，如狄俄尼修斯[1]曾言，
却要活在我全部的放弃之中——
正是这一瞬，此刻，当一切——
心弦弹起，被解开——哦你这魔鬼而

父辈的平和在此

1929年

① Dionysius I（约公元前430—公元前367）或Dionysius II（约公元前397—公元前344），古希腊叙拉古（Syracuse）的统治者。

“这一切……”

这一切——以及管家——
写在一张吸墨纸上，哈特福德[①]，布里奇波特[②]——
周末在霍利奥克[③]
他的女儿们行事如君王
葆琳和我，哈佛游戏
——一个全新的平台
一路乘斯图兹[④]到春天
——一分没有，一分没有，但愿我们事先知道。

而罗曼诺夫一族[⑤]的最后成员
曾翻译国际法典
茶和吐司穿过收音机
被甩入摇篮曲。
他父亲把店直接交给了他
——各式各样的钱，标准石油[⑥]

---

① Hartford，美国康涅狄格州首府。

② Bridgeport，美国康涅狄格州西南部城市。

③ Holyoke，马萨诸塞州西南部城市。

④ Stutzing，斯图兹（Stutz）为美国实业家斯图兹（Harry Clayton Stutz，1876—1930）创始的跑车品牌。

⑤ Romanoffs，俄国沙皇家族，始于米哈伊尔沙皇（Michael，1596—1645），终于尼古拉二世（Nicholas II，1868—1918）。

⑥ Standard Oil，美国石油公司。

还有他的两个儿子，他们第四或第五个表亲
多么优秀啊他提携着自己
和一根手杖由始至终

1929年

一个旅行者诞生

于水手——那两个马赛的科西嘉人，——
巴黎的丹麦人和西班牙修士
随着距离，蜥蜴一般，绿得像佩尔诺[1]；
它的货物浸透，它潮湿的地狱
压缩记忆。修道院柱廊，晚祷的喷泉——
哦，降临的成熟之夜突如其来的苹果数学！
结论性的手铐，苹果酒，夏天肿胀的
折褶，并被折叠在回响的山中……

屈服而被笼罩，裹在往来的火焰中，
这唯一者，这受难十字架有一个名字
如科学，和巴斯德研究所[2]……
那个血清之家让学生保持沉默
直到七月十四日——
（遏制主祷文而放过西风）

当午夜至灯盏擦黑
那讨厌鬼剪影将手移开我
在天花板上——午夜的锁扣延伸

① Pernod，一种法国绿茴香酒。
② Pasteur Institute，法国生物学、微生物学、疾病与疫苗研究机构。

（我的阴影至我自己）
至外国友人的所有礼节——

我阅读它并无任何弓曲的事物
属于午夜少于午夜所呈现
化为内在的骷髅之真诚——
少于司炉或领航所知
多过政客或耕夫所呈现……

这真诚的修辞遮蔽它的火焰
要释放它而无烟，强烈并确定
花在有名字的瓶中并不凋谢
故旅行者的家是一种异国的疗法

约 1926—1931 年

“警觉的枕头……”

警觉的枕头，干草籽铺展
而山脉挥霍地毯——
哦柳树，低垂的预示——眼泪？
那造物主，草皮赢得那位置
蜡烛由此被收买而赞美诗
在废纸篓中独自闪耀，而向那边
镰刀，那些稀有的枪矛——被
诗人催促——于是他们的日落化为新月
迅疾而铁一般地横扫接纳

1930 年

“有本地的……”

有本地的果园树枝
长着苹果——八月的树枝——它们犹未满溢的脊柱
彼此盘扭并与黄金的婚姻之酒相簇集
如山丘漂流在秋天的光照之中

1930 年

“尘埃如今便是……”

尘埃如今便是那幢老式房子
雅各[①]曾在此梦见他的楼梯攀升，——
谢天谢地猪和老鼠都已喂饱
并登上一级又一级的韵律

1930 年

① Jacob，《圣经》中希伯来人的祖先。

“他们在那里……”

他们在那里纷纷倒下；
他们已倒下。连他们的栖息地
也将他们离弃。他们已倒下。
而他们记得的一切——
已被肢解。但他们已倒下。
而此刻他们驱散
那些后世建造的奇观，
凭借一种有如时间阻隔的神秘；
而所有的布道团与献身者
和老处女连同她们长久的小圈子
在旧旧的长柄眼镜视野中分发
本该让她们在会众席上坐直的东西。
但并不困惑
这些印第安人，他们浏览更多新闻
每天在他们群落的后部
多过所有那些挡路的游客。

约 1931—1932 年

哈瓦那玫瑰

让我们除去书桌采取行动——现在我们在墨西哥有一匹马……那一夜在维拉·克鲁兹[①]——对于我确切而言是“真正的十字架”——让我们记住医生和我的想法，我对伟大细菌学家的谦卑、美好的回忆……

风，那一夜，没完没了的百叶窗，推拉门的喧响——以及方头雪茄守望者——踮着脚走过连续的天井露台带着一支典型的手枪——试图捂住门声——而灯塔闪耀——它中级风的午夜律动，它的乳光规律在我的浴室隔断上方透过高高的，蒙尘的玻璃——科尔忒斯[②]——科尔忒斯——他在广场上的破碎宫殿——斑疹伤寒在一个陷阱，医生的老鼠陷阱里。哪里？在维拉·克鲁兹的某个地方——要带来——要占有——要混合——要赎取——要扣除——要治愈……老鼠们围着玫瑰色之物玩兜圈子（在它们的地下室摇篮里）——医生据说睡在#35——因此至少是在我警醒的守夜之中——灯塔闪烁……旋转……延迟，并敲击——再一次，再一次。只有玛雅人肯定睡着了——他们对斑疹伤寒的提及与他们的记录将医生驱入某物之中，靠近那些

① Vera Cruz，即维拉克鲁兹（Veracruz），墨西哥东部一州，其拉丁语字面意义为“真正的十字架”。

② Cortez，即 Hernán Cortés（参见《桥·坡瓦坦的女儿·凡·温克尔》脚注）。

形而上学即伤寒加——此前曾令他专注于死亡的彼端又再返回——对抗的意志——入于免疫之中。智谋，骑术，勇气于他而言就是杀菌剂……诗人或许不是医生，但医生却是罕有的诗人，当玫瑰像老鼠般跳跃之时——同样，当老鼠在白牙周围造起粉红色死亡的玫瑰喷管时……

在拉狄安娜[①]等待晚餐期间，医生曾说过——他也是美国人——“你注意不到负面因素——，因此可能继续遭受不应得的厄运……所以必须在你可以构想的，你可以向其让步的一种模式的支配中释放你自己——由此你照样可以获胜并取得你与生俱来的支配与幸福。”

1931 年

---

① La Diana，哈瓦那酒店。

炼狱

我的国度，哦我的土地，我的朋友们——
难道我疏离，——在这里与你们分散在一片土地之中
此处你们所有的煤气灯——面孔，——痰液闪烁
像被丢下，被遗弃的某物，——我在这里——
这些是星星么——高原——那些
伊甸园的香气——和那棵危险的树——这些
是否忏悔的风景——而若是忏悔
那赦免又如何？唤醒松树——但松树在这里苏醒。
我梦见太浓烈的苹果酒——太柔软的雪。
蝎子可能不会长出的刺刀在哪里？
这里大地的震荡令房屋倒塌——
而我所有的同胞我看见都冲向一个马厩。
流放因此便是一个炼狱——并非但丁筑造的那样

倒不如说像一条毯子胜于一条被子。
而我并无决断——是绿色抑或是褐色
我偏爱更胜于乡村还是城镇？
我被解开了束缚，重生了脐带，
于是在墨西哥这里鸣响起教堂的钟声——
（它们在这里鸣响得太过执着而无需我的召唤）

而它们忘了敲打什么时辰我也会知道
如同一个人他的海拔曾有一度并非如此

约 1931—1932 年

事件

致索契庇利[①]

施了膏油的石头，闪耀的冠冕——
严峻的宝座，那
绝望甜蜜的眼窝属于一个血淋淋的异国小丑——
横陈在血淋淋的盆中漂浮的骨头
属于一个落马的民族……

若你买得到那些石头，
就展现那些跌跌绊绊的骨骸
催促着你不加怀疑的
胫骨，支－
撑无物于时间之内除了更多而又多的时间，
水银般的或许会增加却又可能
减少并集聚……若你
能畅饮太阳，如曾经并依然畅饮的
索契庇利，——如那些已然
消逝者曾经的所为，如那些
曾经做到的人……一个花神在化为雕像的

---

① Xochipilli，墨西哥南部印第安人纳瓦特尔语（Nahuatl）："鲜花王子"，阿兹台克花神的名字。据传在墨西哥波波卡特佩特火山（Popocatépetl）有一索契庇利因致幻花朵而迷醉的塑像。

爱的……石头里——

若你可以死去，那就挨饿吧，活在
此后，比死亡在开花的石头里微笑更强；——
你可以停止时间，还给盛放的
时间一个更长远的回答（削剃闪电，
以圆满的晕轮占有时间的风）
强推一个更长远的回答，更持久的回答
如他们曾经——并已完成的所为……

约 1931—1932 年

象形文

一个人看没看过一个人所见之物
或一个人见没见过一个人所看之物?

1932 年

为征服多样性

我曾见过我的魂灵崩溃
我的身体被赐福
而伊甸园
从我母亲的胸口被抹去
当指控被说出
爱被夺走
而封印被打破…………

约 1931—1932 年

附录 A

论现代诗歌[①]
Modern Poetry：An Essay

现代诗歌早已经过了它反对诸多所谓的古典桎梏的叛逆之顶峰。确实早期不妥协者们根本性的背离更经常是在一个古典方向上的，涉及某些被忽视的早期欧洲传统，胜于许多维多利亚时代的法则，后者构成了攻击的直接垛靶。

革命依然蓬勃发展，但不如说是作为一个当代传统，在其中自由的原有障碍已经，即使不是永远被根除，至少也被后来的实验洪流所遮蔽。确实，对于严肃的艺术家而言，革命作为一个囊括一切的程序已不再存在。它以一股迅猛之势在某些群体或运动中持续，但时常是以收敛多于解放的形式，鉴于主题的选择之广阔。

诗人的关心必定是，一如既往，自律朝向一种形式上的经验整合。因为诗歌是一种建筑艺术，并非基于进化或进步的理念，而是基于当代人类意识 *sub specie aeternitatis*[②]的表达，并容纳附属于科学的一切重新调整，以及与这种意识有关的其他变化因素。科勒律治[③]在他的《论莎士比亚讲稿》[④]中交予我们的自由创造行动过程之关键揭示了每一个诗人的责任，无论现代还是古代，而无法在此之上加以改进。“没有什么真正的天才作品，”他说，“敢于要求它的恰当形式，也确实没有任何此种危险。正如它不可以，天才也不能够，成为无法者：因为甚至就是这一点构成了它的天才——在其自身原创的法则之下创造性地行动的力量。”

诗歌同时具有一种更大的亲密性和一种更宽广，更精确的蕴涵范围，相比绘画或任何其他艺术而言。因此它更易于指示其他媒介诸如绘画或音乐之中即将发生的变化。这是一种并不总为事实所赞同的逻辑演绎，就像在某些现代作曲家如斯特拉文斯基[⑤]这里一样，其灵感的完整意图似乎远非当前的文学表达之所及。文学与绘画有一种更真实可触的联系；极有可能法国诗歌中的象征主义运动是一个颇为重要的因素，最初激发了印象主义，而后是立体主义。两种艺术都曾有过并行不悖并且多少有点类似的趋势，倾向于抽象的表述和形而上的再现。在这一最近的专注之中确凿无疑的是两种媒介都在回应着西方世界脱离宗教投入科学的侧重转移。分析和发现，科学的两个基本关切点，已成为画家和诗人两者有意识的目标。许多现代绘画都独立于任何再现的动机，像一个数学方程式一样；而当今一些最激烈，最雄辩的诗行纯粹是源自敏锐的心理分析，完

---

① 1929年为美国戏剧批评家，作家塞勒（Oliver Sayler，1887—1958）在纽约布伦塔诺书店（Brentano's）的研讨会“艺术中的反叛”（Revolt in the Arts）而写的论文。

② 拉丁语：“在永恒的方面 / 从永恒的角度”。

③ Samuel Coleridge（1772—1834），英国诗人，批评家。

④ *Lectures on Shakespeare*（1811—1819）。

⑤ Igor Fyodorovich Stravinsky（1882—1971），俄裔美国作曲家。

全独立于任何戏剧性的动因。

在一个机器时代诗歌的功能与它在任何其他时代的功能相同；而它呈现最完整的人类价值综合体的能力始终在本质上免疫于任何一场所谓的科学入侵。机械的情感刺激处在一个与诗歌迥然相异的心理层面上。它唯一的威胁在于其肤浅娱乐的能力，如此易于获取以至于会阻止任何种类的发展，除了最微不足道的审美反应以外。机械在这方面的终极影响仍有待观察，但它在我们生活中的牢固确立已为诗人制造了一系列颇具挑战的新责任。

因为除非诗歌能够吸收机器，即令它像树木，牛，帆船，城堡和过去的所有其他人类联系那样自然而随意地适应下来，否则诗歌就无法发挥其完整的当代功能。这个过程并不意味着任何程序要在抒情上迎合那些着迷于机械重要性的人的品味；它甚至也根本不涉及对单个机械设计的具体提及。然而它也要求，与诗人的传统资格并行不悖，一种非凡的能力，可以至少暂时地，沉湎于城市生活的激情。当然，这一点的前提是诗人具有足够的自发性与热忱，可以将这经验转化为积极的语辞。机械将趋于失去其激情的魅力并呈现于它在人类生活真正的从属阶层之中，随着使用和持续的诗意影射将它的创新性消弭殆尽。因为，与普遍的偏见正相反，观看垂直俯冲时所体验的惊诧之感所具有的直接诗歌创造前景远不如一个做出朴素换挡动作的驾驶者的熟悉姿态。我要说的是对机械之力与美起码的浪漫思考会将它保持在一个持续的间距之外；它无法在我们生命中创造性地行动，直到像我们身体的无意识神经反应一样，它的涵义由内部散发出来——形成一套诗意指涉的语辞，像牧场、耕犁和谷仓的田园世界一样自然而然。

那种科学于诗歌有害的熟悉论点，其荒谬无稽毫不逊色于神学始终具有不言而喻的敌意这一相似观念——后者有但丁的《神曲》为反证。科学追求的“真理”与诗人隐喻性的，超乎逻辑的“真理”截然不同。当布莱克写下“一滴眼泪是一枚智慧的物件，而一声叹息是一个天使王的利剑[①]”——他与牛顿宇宙的原理没有任何逻辑上的冲突。同样，先知那里的诗意预言也与事实预言或未来无关。它是一种奇特的感知类型，能够以惊人的明彻与信念来领悟某些绝对而永恒的想象概念。

现代诗人能够承担哲学家或神学家的角色而有利可图，这一点至多是可疑而已。科学，众多时代未受册封的神灵，似乎已自动取代了经院与教堂的等级制度。摘引作为诗人的《神曲》和《失乐园》的作者是恰当的，他们的诗句历经各自时期的宗教教义和哲学而长存，但假设这些诗人中的任何一位若没有他们各自继承的充分发展与明确表达的宗教教条也可以写下重要的宗教诗句则是错误的。

美国诗歌的未来是一项太过复杂的思考，仅可在这一有限空间内着手处理。其中涉及的是与科学，机械，和我才刚刚接触的其他因素的相对影响有关的大量考虑；——此外还有那些影响深远的早期英语韵律学传统，后者构成了多个出发点，至少，对于可能出现的任何本土韵律和形式。

---

① “A tear is an intellectual thing, And a sigh is the sword of an angel king”，出自布莱克，无题诗，《耶路撒冷，巨人阿尔比翁之显现》（*Jerusalem, Emanation of Giant Albion*），1803—1804年；“灰僧”（The Grey Monk），《匹克林手稿》（*Pickering Manuscript*），编纂于约1807年。

美国精神病最典型也最有效的表达在我看来依然要在惠特曼那里才找得到。他作为一名技艺大师的缺陷，和他笨拙而良莠不分的热情在某种意义上是无关宏旨的。他，胜于其他任何人，能够协调那些在美国看似最难驾驭的力量，将它们融合到一个普遍的幻象之中，随时间的流逝会接纳更多的意味。他作为一名革命家超越了科勒律治天才定义的严格内涵，但他的遗产仍需在其全部的隐含之义上实现。

附录 B

年表
Chronology

1899 年	哈罗德·哈特·克兰 7 月 21 日出生于俄亥俄州加勒茨维尔［Garrettsville］，母亲和父亲为格雷丝·埃德娜·哈特［Grace Edna Hart］和克拉伦斯·亚瑟·克兰［Clarence Arthur Crane］。（父亲，人称“C. A.”生于 1875 年，是俄亥俄州银行家及枫糖浆工厂老板亚瑟·爱德华·克兰［Arthur Edward Crane］，与艾拉·比尔兹利［Ella Beardsley］的儿子。母亲生于 1878 年，是俄亥俄州商人克林顿·奥雷斯特斯·哈特［Clinton Orestes Hart］，与小学教师伊丽莎白·贝尔登［Elizabeth Belden］的女儿。他们在短暂相识与热烈追求后于 1898 年结婚。）
1901—1907 年	1901 年全家迁至俄亥俄州沃伦［Warren］，父亲在那里成功建立自己的糖浆生意。哈罗德是一个早熟敏感的孩子，神经疾病不

时发作。父母的婚姻出现困扰，争吵不断；父亲经常出差，哈罗德成为母亲在父母交战中的盟友。

1908 年　父亲的生意被谷物产品提炼公司［Corn Products Refining Company］收购，后者雇用他为经理。父母分居；父亲迁至芝加哥，母亲在一家疗养院休养治疗，哈罗德被送到克利夫兰第 115 街 1709 号与其外祖父母住在一起，在那里他特别亲近他的外祖母。

1910—1912 年　母亲于 1909 年前来与哈罗德和哈特一家同住。暂时取得和解，父亲到克利夫兰与家人团聚，三人一起搬进一所住宅。母亲成为基督教科学派信徒；父亲和哈罗德随她皈依，但父亲的兴趣很快消退。父亲创办克兰巧克力公司［Crane Chocolate Company］，生意日渐兴隆。哈罗德表现出对各种艺术的爱好，包括音乐、绘画与诗歌；告诉阿姨，“我要当一个诗人。”

1913 年　外祖父去世，遗产留给哈罗德，被委托保管。全家迁居与外祖母伊丽莎白·哈特同住。

1914年 哈罗德就读于克利夫兰东部高中［East High School］，成为一名差生。父亲发明救生圈糖果并将产品以2900美元卖给爱德华·J. 诺布尔［Edward J. Noble］，后者最终将其打造为数百万美元企业的核心。父母的婚姻危机加剧。

1915年 1月，全家旅行至哈特家族拥有房产的古巴松树岛［Isle of Pines］。父母争吵，父亲发怒出走。哈罗德试图割腕自杀；另一次意外令他昏迷不醒，很可能是由于服用母亲给他吃的安眠药粉过量，接受当地医生治疗。父亲归来并带全家返回克利夫兰，之后父母试图和解。哈罗德向朋友威廉·赖特［William Wright］吐露要当诗人的决心。凭借父亲的支持在纽约东奥罗拉［East Aurora］度过晚春与夏季，住在罗伊克罗夫特［Roycroft］，一个由作家埃尔伯·哈伯德［Elbert Hubbard］创立和经营的艺术家聚居地，此人曾在散文《克兰巧克力公司一游》［*A Little Journey to Crane's Chocolate Company*］中称赞哈罗德父亲的生意。遇见诗人威廉·沃恩·穆迪［William Vaughn Moody］的遗孀哈里·叶特·穆迪［Harriet Moody］，与芝加哥文化界的重要人物。

1916年　写深受19世纪后期美学影响的诗歌。3月将《夜曲》[Nocturne] 寄给哈里叶特·穆迪。与全家的友人薇薇安与黑泽尔·布朗 [Vivien and Hazel Brown] 夫妇一起在纽约肖陶夸 [Chautauqua] 消夏，随后陪母亲前往西部，游历怀俄明州、旧金山和加拿大艾伯塔省 [Alberta]。频频光顾理查德·劳霍夫 [Richard Laukhuff] 的新书店，该书店迅速成为克利夫兰艺术界的重要场所。9月首获登载，其时奥斯卡·王尔德 [Oscar Wilde] 的审判与监禁后写成的《C 33》被《布鲁诺周刊》[*Bruno's Weekly*] 接受，《十月——十一月》[*October–November*] 发表于《异教徒》[*The Pagan*] 11—12月号。当他向《他者》[*Others*] 提交诗歌时，副主编威廉·卡洛斯·威廉斯 [William Carlos Williams] 回复说它们是“该死的好货”。11月，父亲迁走，母亲提起离婚诉讼。于就学第三年从高中辍学并在一家印刷厂做短工。怀着最终考入哥伦比亚大学的计划，圣诞节后不久前往纽约，与画家及全家的友人卡尔·施密特 [Carl Schmitt] 同住。

1917年　在离施密特的单居室公寓不远的东15街

一栋寄宿公寓短暂居留之后，迁至西 10 街的一个房间。结识爱尔兰诗人帕德拉克·科伦［Padraic Colum］及妻子玛丽［Mary］。频繁造访《异教徒》编辑部。结识《小评论》［*The Little Review*］的编辑玛格丽特·安德森［Margaret Anderson］与简·希普［Jane Heap］。母亲 3 月到纽约，嘱克兰将她的来访对父亲保密；但当他从克兰公司纽约办事处借用 168 美元以支付她的花费时父亲要求（无效）他返回克利夫兰。《蜂巢》［*The Hive*］发表于《异教徒》；母亲写道，“在给你的投稿和你将来的著作签名的时候你打算完全忽略你母亲这边的姓氏么……‘哈特·克兰’感觉如何？”父母终于 4 月 14 日离婚。谈到永久搬迁到纽约，母亲与外祖母伊丽莎白于 5 月前来，在格拉默西公园［Gramercy Park］44 号租赁一套公寓。克兰与她们一同迁入，睡在沙发上。随一名家庭教师学习法语。与克莱尔·斯宾塞［Claire Spencer］（后改姓史密斯，嫁给了编辑哈里森·“哈尔”·史密斯［Harrison “Hal” Smith］）结交为友。母亲将父亲的信件解读为可能和解的信号并于 7 月底与克兰一同返回克利夫兰。重归于好的尝试很不成功，母亲吞二氯化汞试图自杀。克兰于 8

月 1 日前返回纽约。在 8 月 8 日致父亲的信中签名“哈特 · 克兰”。从格拉默西公园公寓迁至东 11 街的寄宿公寓。试写短篇小说和电影剧本。要求父亲增加津贴而被训斥。(“诗歌很好；你选择的职业很好，可是当你住在纽约，从 25 美元的津贴里拿 2 美元一星期请家教的时候，就很不好了；事情不应该是这个样子。”）母亲于 11 月访问纽约，遭受神经崩溃：召唤父亲，后者犯喉炎，拒绝前往。《在影中》[*In Shadow*] 12 月发表于《小评论》。克兰和母亲同赴克利夫兰，在父亲的元旦前夜派对上被奉为贵宾。

1918 年　迁至华盛顿广场 [Washington Place] 78 号。父亲威胁中止其津贴，除非他找到工作。开始在布伦塔诺书店 [Brentano's bookstore] 上班。收到埃兹拉 · 庞德 [Ezra Pound] 轻视其诗歌的信件，后者读过《在影中》之后建议编辑玛格丽特 · 安德森不要发表他的作品。读兰波 [Rimbaud] 诗。3 月，被任命为《异教徒》的助理编辑；在下一期中发表两首诗，散文《反对尼采的理由》[*The Case Against Nietzsche*]，及一篇对米莱 [Millay]、克伦堡 [Kreymborg] 和奥尼尔 [O'Neill] 的独幕剧作的评论，署名“A. 异教骑士”[A. Pagan Knight]。5月于父亲宣布与克兰公司员工弗兰西丝·凯利[Frances Kelley]订婚后返回克利夫兰。在一家军火工厂工作大约六周，拧紧机器零件上的螺栓。试图报名服兵役，但在征兵机构被劝阻，得知自己可能会被分配进行工业实习。父亲于8月14日与弗兰西丝·凯利结婚。在埃里克湖[Lake Eric]一家造船厂工作三星期。主动向克利夫兰出版商查尔斯·巴布[Charles Bubb]投寄《六首抒情诗》[*Six Lyrics*]小册子寻求出版。11月将《休战十四行诗》[*Armistice Sonnet*]（已佚）提交给克利夫兰《老实人》[*Plain Dealer*]并被该报聘为记者，几周后辞职。

1919年　在《异教徒》上评论萝拉·里奇[Lola Ridge]和麦克斯韦尔·博登海姆[Maxwell Bodenheim]的诗集。与母亲关系紧张，意外得到父亲的支持并回到纽约，最终与不久前成为陆军中尉的亚历山大·巴尔茨利[Alexander Baltzly]合住一套公寓。通过巴尔茨利与查米恩·冯·维甘德[Charmion von Wiegand]结交。与戈勒姆·蒙森[Gorham Munson]会面，后者读过并激赏克兰的《十月——十一月》。3月在《现代学派》[*The Modern School*]发表献给俄罗斯芭蕾舞团[Ballets Russes]舞者斯坦尼斯拉夫·坡塔坡维奇[Stanislaw Portapovitch]的《致坡塔坡维奇》[*To Portapovitch*]。受聘为《小评论》销售广告赚取佣金；仅售出两单，给父亲和坡塔坡维奇。在巴尔茨利迁居波士顿时几乎破产，从哈尔·史密斯处转租一套位于西16街《小评论》编辑部楼上的公寓；前卫诗人艾尔莎·冯·弗雷塔格-洛林霍芬[Elsa von Freytag-Loringhoven]（"男爵夫人"[The Baroness]）住在此楼一地下室套间。结识马修·约瑟夫森[Matthew Josephson]。同意做史密斯家在长岛布鲁克黑文[Brookhaven, Long Island]的夏季住所的司机和园丁，但这一安排很快作废，克兰提前返回纽约，开始为赖因塔尔与纽曼[Reinthal & Newman]的艺术出版公司工作。在仅有的一期《现代主义者》[*The Modernist*]上发表《北拉布拉多》[*North Labrador*]，《传奇》[*Legende*]和《室内》[*Interior*]。在热情评论舍伍德·安德森[Sherwood Anderson]的《俄亥俄州温士堡》[*Winesburg, Ohio*]后，收到安德森的赞赏，并由此开始两人的通信。开始写《我外祖母的情书》[*My*

Grandmother's Love Letters］。离开在赖因塔尔与纽曼的工作，听父亲劝说回到俄亥俄州，得到与克兰公司合作的承诺。迁居阿克伦［Akron］，在一家药店里掌管一个克兰公司的柜台；登上当地报纸，《百万富翁之子成阿克伦药店职员》［*Millionaire's Son Is Clerk in an Akron Drug Store*］，令父亲震怒。结识哈利·坎迪［Harry Candee］和摄影师赫维·明斯［Hervey Minns］。阅读广泛，包括 T. S. 艾略特［T. S. Eliot］、伊丽莎白时代与玄学派诗人作品，及华尔多·弗兰克［Waldo Frank］的《我们的美国》［*Our America*］。卷入一段恋情，他对蒙森吐露说，这令他"大部分时间都支离破碎"。

1920 年　1 月初回克利夫兰，被父亲召入克兰公司工厂工作；去阿克伦周末旅游。获《日晷》［*The Dial*］为《我外祖母的情书》支付的 10 美元稿酬。工厂事故成为《手的插曲》［*Episode of Hands*］的灵感。与阿克伦男子的恋情于 4 月结束。写《花园抽象》［*Garden Abstract*］和《阿克伦的坡尔菲罗》［*Porphyro in Akron*］。赴纽约两周。被父亲送到华盛顿特区，试图开辟新销售领域未成；七周逗留期间结识国务院官员和诗人威尔伯·恩德伍德［Wilbur Underwood］，将与其保持终身通信，包括现存有关其同性恋的最坦率信件（克兰的母亲在他死后销毁了很多信件）。读陀思妥耶夫斯基［Dostoevsky］。圣诞节前不久，卷入与一个在致恩德伍德信中名叫“皮埃罗”［Pierrot］的男子的炽热恋情。搬出母亲家并入往德尔普拉多［Del Prado］住宅酒店。

1921年　与塞缪尔·洛夫曼［Samuel Loveman］结交为友。从克兰公司工厂被调至仓库，后又转到它位于欧几里得大道［Euclid Avenue］的餐厅的库房。写《黑手鼓》［*Black Tambourine*］。与母亲一同迁回。4月19日与父亲争吵并辞职；两人断绝联系超过两年。开始周末造访画家威廉·索默［William Sommer］在克利夫兰郊外望得见布兰迪怀恩瀑布群［Brandywine Falls］的画室。与画家（后为建筑师）威廉·莱斯卡泽［William Lescaze］和舞台设计理查德·莱赫塔里克［Richard Rychtarik］结交为友。开始并很快放弃一部关于约翰·布朗［John Brown］的戏剧；发表关于舍伍德·安德森的文章，诗歌《一个劝告》［*A Persuasion*］和《田园曲》［*Pastorale*］，及儒勒·拉佛格的《皮埃罗之语》"*Locutions des Pierrots*"的译文。寄给蒙森一份《航行》[*Voyages*] 第一节的初稿。全年为数家广告公司打零工；9 月学习广告课程。秋天，看卓别林《寻子遇仙记》[*The Kid*]，视此演员为一个"戏剧天才"，并写《卓别林式》[*Chaplinesque*]，发表于《怪兽滴嘴》[*Gargoyle*] 12 月号。在一家书店做圣诞季工作。在挪威裔美国版画师欧内斯特·尼尔森 [Ernest Nelson] 车祸丧生后充当护柩者。

1922 年　1 月 3 日开始在科代与格罗斯 [Corday and Gross] 广告公司工作。写《赞美一个尸灰瓮》[*Praise for an Urn*] 以纪念欧内斯特·尼尔森。受一前情人敲诈，被迫每月支付 10 美元为其恋情保密。4 月，克兰的友人约瑟夫森和蒙森在法国创办评论期刊《分裂》[*Secession*]，将克兰拉进其圈子，尽管他并不欣赏约瑟夫森对阿波利奈尔 [Apollinaire] 现代主义的热情："阿波利奈尔活在巴黎，"他评论道，"我活在俄亥俄州克利夫兰。"读到艾伦·泰特 [Allen Tate] 的诗《安死术》[*Euthanasia*] 后，主动与泰特通信，后者对 T. S. 艾略特 [T. S. Eliot] 冷漠、"悲观主义的"现代主义的支持，与克兰开始动笔的一首诗，《为浮士德与海伦的婚姻而作》[*For the Marriage of Faustus and Helen*] 中对艾略特的“正面”回应恰成对照。7月招待蒙森，后者从欧洲偷带了一本詹姆斯·乔伊斯 [James Joyce] 被禁的《尤利西斯》[*Ulysses*] 给他；急切阅读小说并致信恩德伍德，“我想要高喊我找到了！”读邬斯彭斯基 [Ouspensky] 的《第三工具》[*Tertium Organum*]。与安德森的友谊冷却，此前安德森与蒙森在其家中就威廉·索默的作品和批评家保罗·罗森菲尔德 [Paul Rosenfeld] 的评判发生争论。写《周日清晨苹果》[*Sunday Morning Apples*]。离开科代与格罗斯而转接NASP公司的另一份广告工作。写《西部大平原》[*The Great Western Plains*]。继续写作《为浮士德与海伦的婚姻而作》。读艾略特《荒原》[*The Waste Land*] 并称之为“当然不错，可是太死气沉沉了。”在《新共和国》[*The New Republic*] 中，路易斯·翁特迈尔 [Louis Untermeyer] 将克兰列为“新贵”之一（与E. E. 卡明斯 [E. E. Cummings]、马尔科姆·考利 [Malcolm Cowley]、约翰·多斯·帕索斯 [John Dos Passos] 和埃德蒙·威尔逊 [Edmund

Wilson］同列）。11 月开始与小说家和评论家华尔多·弗兰克通信。因母亲禁止在家中饮酒而暂住酒店，直到母亲废除这一规则。12 月 12 日观伊莎多拉·邓肯［Isadora Duncan］舞蹈。

1923 年　完成《为浮士德与海伦的婚姻而作》并将其发送给翁特迈尔，称它为“一件比身为卓越技师的艾略特先生的既定公式更有创造性与刺激性的东西！”评论诗选集《另八位哈佛诗人》［*Eight More Harvard Poets*］。写《僵硬的大调》［*Stark Major*］。开始计划《桥》［*The Bridge*］，在通信中阐述他这首诗的构思为“一个‘美利坚’的神秘综合体”并将片断给弗兰克与恩德伍德等友人看。他的一幅保罗·罗森菲尔德的漫画像，在罗森菲尔德退回威廉·索默的作品之后，发表在《小评论》上。收到艾伦·泰特和华尔多·弗兰克对其诗歌的赞扬，与后者的友谊加深。被 NASP 解雇，决定迁居纽约；为将其失业瞒住父亲，他的老板斯坦利·帕特诺［Stanley Patno］同意伪造克兰出差去纽约的假象。3 月 25 日抵达并与蒙森夫妇同住。与华尔多·弗兰克会面，得其写给智威汤逊［J. Walter Thompson］广告公司的推介信，后者于5月提供给他一个职位。4月，遇摄影师阿尔弗雷德·斯蒂格利茨［Alfred Stieglitz］，颇为欣赏其作品；开始写关于斯蒂格利茨的文章，始终未完成。与威廉·斯莱特·布朗［William Slater Brown］结交为友。与斯莱特·布朗同居在东10街上的阿尔伯酒店［Hotel Albert］，后迁至格罗夫街［Grove Street］45号的二楼公寓。见让·图默［Jean Toomer］。写《桥》的《亚特兰蒂斯》［*Atlantis*］部分。8月，确信莱斯卡泽偷了他那一册《尤利西斯》，与之绝交。见马尔科姆·考利与其妻佩吉［Peggy］。写信给母亲说他“将近周中几乎崩溃”。被几份杂志退稿之后，《分裂》接受《为浮士德与海伦的婚姻而作》，但诗人约翰·惠尔赖特［John Wheelwright］在佛罗伦萨编辑时将第二节删去，克兰对发表版本中的编辑和错误不满。10月，查理·卓别林突然到访，后者十分欣赏《卓别林式》。见丹麦出生的水手埃米尔·欧法［Emil Opffer］。通过简短（现已佚）的信件与父亲恢复联系。离开智威汤逊广告公司，去纽约伍德斯托克［Woodstock］，与斯莱特·布朗和画家爱德华·纳格尔［Edward Nagle］同住。遇见纳格尔的继父，雕塑家加斯顿·拉谢斯［Gaston Lachaise］。写《宣叙调》［*Recitative*］初稿。读移民诗人塞缪尔·格林伯格［Samuel Greenberg］的手稿诗作，后者在1917年24岁时死于肺痨，从格林伯格的诗中挑选诗行改写构成《行为标志》［*Emblems of Conduct*］。

1924年　1月2日返回纽约市。拒绝父亲让他做克兰公司旅行推销员的提议。开始为普拉特与林赛［Pratt and Lindsay］广告公司工作，但两星期后被解雇。在纽约出差时与父亲友好会面。参加古德杰夫［Gurdjieff］及其弟子A. R. 奥拉吉［A. R. Orage］的讲座，印象不佳；渐与蒙森和图默疏远，因两人成为古德杰夫的追随者。开始写*Lachrymae Christi*。被迫腾出他在格罗夫街的公寓而与尤金·奥尼尔同住在康涅狄格州里奇菲尔德［Ridgefield］，在范内斯特广场［Van Nest Place］15号一个带家具的房间，及苏珊·詹金斯［Susan Jenkins］的公寓里；向父亲申请借款未果。获得史威茨目录服务［Sweet's Catalog Service］的文案工作，告知他有一个空缺职位的马尔科姆·考利也在那里做文案。与埃米尔·欧法的关系加深为一场激烈的恋情。

迁至欧法父亲在布鲁克林［Brooklyn］哥伦比亚高地［Columbia Heights］110号的住所，最终搬进一个俯瞰纽约港［New York Harbor］和布鲁克林大桥［Brooklyn Bridge］的房间。写《航行》和《传奇》［*Legend*］。与保罗·罗伯逊［Paul Robeson］会面。与洛娜·迪亚茨［Lorna Dietz］结交为友。与艾伦·泰特首次见面。9月，母亲将克利夫兰的住宅挂牌出售，令他十分沮丧。在保罗·罗森菲尔德为法国批评家让·卡特尔［Jean Catel］举行的招待会上朗读《卓别林式》、《周日早晨苹果》、《转述》［*Paraphrase*］与《为浮士德与海伦的婚姻而作》。随着与考利的友谊加深，与蒙森（曾与考利争吵）的关系紧张，要求自己被“开除”出蒙森的圈子，因他拒绝与考利断绝联系。圣诞节去克利夫兰，发现外祖母生病，而当时在一家商店里工作的母亲经济拮据。结识母亲的追求者，保险评估人查尔斯·柯蒂斯［Charles Curtis］。

1925年　通过塞缪尔·洛夫曼结识H. P. 洛夫克拉夫特［H. P. Lovecraft］。开始修订与编排处女集《白色建筑》［*White Buildings*］的诗篇。要求加薪被拒绝后辞去在史威茨的工作；拒绝父亲提供的职位。接受邀请去协助苏珊·詹金斯和斯莱特·布朗在纽约帕特森［Patterson］附近新购的农舍（人称“强盗岩石”［Robber Rocks］）的装修。写《流逝》［*Passage*］。哈尔·史密斯于7月代表哈科特－布雷斯［Harcourt, Brace］书局拒绝《白色建筑》。发誓要保持清醒一年。家族旧宅被卖后短暂返回克利夫兰去帮助母亲和外祖母搬家。10月返回纽约市之前造访“强盗岩石”。完成《酒之兽园》［*The Wine Menagerie*］。与劳拉·莱丁［Laura Riding］结交为友。长久以来始终有在船上工作的想法，申请一艘南美汽船上的职位。尤金·奥尼尔同意为《白色建筑》写序，贺拉斯·利弗赖特［Horace Liveright］表示由自己的公司博尼与利弗赖特［Boni & Liveright］来出版此书的强烈兴趣；将自己的诗学笔记《一般目标与理论》［*General Aims and Theories*］寄给奥尼尔。创作《在梅尔维尔墓前》［*At Melville's Tomb*］。用理查德与夏洛特·莱赫塔里克夫妇［Richard and Charlotte Rychtarik］的200美元贷款在纽约州边境处、康涅狄格州谢尔曼［Sherman］购入十英亩树木茂盛的斜坡地，计划在那里造一栋房子（但始终未实施）。11月，玛丽安·摩尔［Marianne Moore］接受克兰给《日晷》的《酒之兽园》但作出令他非常恼怒的大幅删减和修改，并于1926年5月以《再次》[*Again*]为题发表。写信给银行家与艺术赞助人奥托·H. 卡恩[Otto H. Kahn]求一笔贷款；12月与卡恩会面并取得所承诺的一笔2000美元捐款的一半，用于创作《桥》。因摩尔要求删去《在梅尔维尔墓前》最后一节而将其从《日晷》撤回。与艾伦·泰特及其妻子(小说家卡罗琳·戈登[Caroline Gordon])一同搬进艾迪·特纳[Addie Turner]在纽约帕特森的农舍，离"强盗岩石"不远，计划在那里完成《桥》。重读惠特曼。考利将诗作《海中的花》[*The Flower in the Sea*]献给克兰。

1926年 创作《河流静憩》[*Repose of Rivers*]和《桥》的《亚特兰蒂斯》一节。赴纽约市五天，与水手杰克·皮特津[Jack Pitzin]行乐。阅读广泛，为《桥》作背景研究。创作《万福马利亚》[*Ave Maria*]一节。前往克利夫兰，应母亲请求帮忙操办她与查尔斯·柯蒂斯[Charles Curtis]即将到来的婚礼；途中在纽约市逗留，见蒙森，后者写克兰的文章,《神圣树林中的年轻泰坦》[*Young Titan in the Sacred Wood*]最近刚刚寄送给他。三月寄给卡恩《桥》的详细大纲；从卡恩处收取更多的钱。与泰特夫妇的关系紧张，起因于家中的口角与文学的差异（曾称克兰为在世最伟大的诗人，泰特此刻在《新共和国》上将此荣誉授予 T. S. 艾略特）；4 月 16 日的吵架促使克兰搬出。询问母亲是否可以住在松树岛的家宅里，后者勉强同意后取消克利夫兰的婚礼计划并与查尔斯·柯蒂斯同赴纽约以让克兰看到他们结婚。5 月 1 日在华尔多·弗兰克陪同下乘奥里扎巴号［*Orizaba*］前往古巴。与管家萨莉·辛普森阿姨［Aunt Sally Simpson］定居在家宅中；弗兰克于 5 月 18 日离开。奥尼尔写信说他不准备提交《白色建筑》的序言。去大开曼岛［Grand Cayman Island］短暂旅行，在当地与回程都不愉快（遭受严重晒伤，蚊群叮咬，并无端惧怕耳部脓肿），此次经历孕育《空气草》［*The Air Plant*］和《哦加勒比岛！》［*O Carib Isle!*］两首诗创作。将康涅狄格州地产出售给其前所有者比娜·弗林［Bina Flynn］。《流逝》、《赞美一个尸灰瓮》和《在梅尔维尔墓前》被总部位于伦敦的《日历》［*Calendar*］的编辑埃奇尔·里克沃德［Edgell Rickword］接受发表。阅读斯宾格勒［Spengler］《西方的没落》［*Decline of the West*］并深受影响；读塞万提斯［Cervantes］和普鲁斯特［Proust］的作品。获悉贺拉斯·利弗赖特几乎已改变出版《白色建筑》的想法，但被卡恩、詹姆斯·莱特［James Light］和奥尼尔说服继续原计划，以奥尼尔撰写前言为条件；获得秋季出版的确认与利弗赖特的100美元预付款。奥尼尔坦承他不会写《白色建筑》的前言；泰特介入改由他撰写。开始紧张持续地创作《桥》，完成此诗一半的初稿；完成序诗《致布鲁克林大桥》［*To Brooklyn Bridge*］，寄给华尔多·弗兰克和《日晷》。读托马斯·纳什［Thomas Nashe］和卡尔·桑德堡［Carl Sandburg］的林肯传记第一卷。暂停写作《桥》并前往哈瓦那，在那里与名叫阿尔弗雷多［Alfredo］的古巴水手发生恋情。决定学习西班牙语，并预想在《桥》完成后写作关于阿兹台克人的无韵体悲剧。从母亲处得到她与查尔斯·柯蒂斯分手的消息。诗人与评论家伊沃尔·温特斯［Yvor Winters］发起通信。写给《诗歌》［*Poetry*］编辑哈里叶特·门罗［Harriet Monroe］为《在梅尔维尔墓前》辩护反驳其晦涩指控的信发表在《诗歌》上。10月下旬一场飓风袭击松树岛，造成严重破坏，令住宅无法居住（他在《永恒》[*Eternity*] 一诗中描述其后果）。回纽约市，在那里他与卡恩会面并收到最后一笔承诺的资金。心怀沮丧，回到帕特森，在那里与艾迪·特纳同住（泰特夫妇在纽约市）。查尔斯·柯蒂斯告知他即将与母亲离婚。阅读并钦佩威廉斯的《美国性情》[*In the American Grain*]。12 月献给华尔多·弗兰克的《白色建筑》由博尼与利弗赖特出版（"一本美丽的书"，他写信告诉母亲）。

1927 年　酗酒问题自此不断加剧。父亲的第二任妻子于 1 月 3 日死于癌症。收到巴黎美国侨民尤金·乔拉斯 [Eugene Jolas] 的赞赏信件，他即将创办《过渡》[*Transition*] 杂志，在其中发表对《白色建筑》的评论和《哦加勒比岛！》等几首诗。发现自己与卡恩的约定要求他每年向这个银行家支付一笔 60 美元的保费，根据一份以他的名义设立的人寿保险。艾迪·特纳允许克兰赊住在帕特森的宅子里。《日晷》和《诗歌》分别接受《桥》中的《舞蹈》[*The Dance*] 和《短衬衫》[*Cutty Sark*]。《新共和国》刊登华尔多·弗兰克对《白色建筑》的好评，但将他更热情的宣言删去；亦发表埃德蒙·威尔逊有关当代美国诗歌纵览的文章《失业的缪斯》[*The Muses Out of Work*]，其中写道："克兰先生有一种超凡脱俗的风格，一种极富原创性的风格——几乎接近于一种伟大的风格，倘若真的可能存在这样一种伟大的风格，它不仅仅不适用于一个伟大的主题，非也，而是显而易见，根本不适用于任何主题。"希望写布鲁克林大桥的建筑师约翰·罗布林[John Roebling]的传记，认为它将具有商业的号召力并吸引对《桥》的关注。接受父亲邀请前往克利夫兰，随后与父亲一起回纽约市（去那里出差），后者向克兰提供一份津贴。在帕特森写作《桥》。在纽约市度过整月，在那里与一个名叫埃弗瑞德[Evered]的水手（在致恩德伍德的信中称其为"福玻斯·阿波罗"[Phoebus Apollo]）相爱，后者随他一起回到帕特森度过数周。寄给卡恩《桥》的详细诠释，同时请求更多援助。开始收集较短的诗歌组成一册，最终的暂定标题为《西礁岛：岛屿一束》[*Key West: An Island Sheaf*]，始终未完成。9月底去克利夫兰给准备迁居加利福尼亚州好莱坞[Hollywood]的母亲和外祖母送行。凭借卡恩承诺的资金，试图在马提尼克岛

[Martinique] 待两个月写作《桥》；母亲听说此计划后要求他留在美国，理由为她的神经脆弱和他外祖母的健康状况不佳。在一家书店短暂工作。被赫伯特·怀斯 [Herbert Wise]，一名富有的 34 岁股票经纪人雇为秘书和智慧伴侣，后者正从一场神经崩溃中康复并计划在加州南部休养六个月。《隧道》[*The Tunnel*] 于 11 月发表于《标准》[*The Criterion*] 杂志。11 月动身前往洛杉矶前不久，在与 E. E. 卡明斯及其妻安妮 [Anne] 饮酒喧闹一夜后被捕。11 月 21 日作为怀斯的随从之一抵达加利福尼亚，下榻于阿尔塔迪纳 [Altadena] 海景大街 [Mar Vista Avenue] 2160 号的西班牙式别墅。在怀斯的别墅逗留期间每周两次去距离两小时路程的好莱坞看望母亲和外祖母。最初被迷倒（“到处是如此美丽的脸，身体！”），很快对南加州的“巨大粉色真空”与他在怀斯家的不寻常地位大失所望；在加州逗留期间未写任何诗歌。在伊沃尔·温特斯父母家的帕萨迪纳 [Pasadena] 住宅中与温特斯会面。

1928 年　在《过渡》上刊载凯·博伊尔 [Kay Boyle] 对克兰诗歌的负面评价后，伊沃尔·温特斯写信为其辩护。阅读温特斯推荐的杰拉德·曼利·霍普金斯［Gerard Manley Hopkins］诗作。（“好个男人——好大胆！”；写信给洛夫曼，“我发现在某些风格文体中我并不像我原来想的那么原创。”）与怀斯的侄子贝内特·瑟夫［Bennett Cerf］会面。阅读普鲁斯特、纪德［Gide］和温德姆·刘易斯［Wyndham Lewis］的作品。与评论过《白色建筑》的西班牙批评家安东尼奥·马里查拉尔［Antonio Marichalar］通信。3月辞去怀斯那里的职务并搬去与母亲和生病的外祖母同住。很可能向母亲宣布自己的同性恋。在埃米尔·欧法的船停靠在圣佩德罗［San Pedro］时去看他；在一家地下酒吧与五个陌生人共饮后，克兰与欧法遭袭击并受重伤。卡恩承诺将他举荐给派拉蒙影业［Paramount Pictures］高管杰西·拉斯基［Jesse Lasky］。与母亲的关系恶化，她要求他离开，在他开始收拾行李时母亲到医院去看肾病。5月在半夜里悄悄离开加利福尼亚去纽约，此后再未见过母亲或外祖母。返回纽约（乘船经过墨西哥湾的密西西比河口）。去帕特森，小说家内森·阿什［Nathan Asch］和妻子是艾迪·特纳在当地的屋宅的租客。定期与马尔科姆和佩吉·考利夫妇见面，他们在附近的康涅狄格州购有房产。父亲以财政问题为由拒绝贷款购买当地的村舍。行事日趋狂野，酒后多次发脾气导致特纳要求他离开；与普罗文斯顿剧团［Provincetown Players］业务经理埃莉阿诺·菲茨杰拉德［Eleanor Fitzgerald］一起在康涅狄格州短暂停留后前往纽约市，在那里受邀住在考利的东55街公寓，直到找到工作为止。收到父亲让他回俄亥俄州的路费，当即将其花完；在塞缪尔·洛夫曼的书店和格里芬、强森与曼［Griffin，Johnson & Mann］广告公司做临时工。搬到布鲁克林柳树街［Willow Street］77号。9月6日收到外祖母去世的消息。本应依照外祖母遗嘱继承5000美元，但作为共同受托人的母亲坚持要他搬到加州以便他们能靠遗产生活，阻碍遗嘱的执行，并在电报和信件中夸大病情。迁回哥伦比亚高地110号。与摄影师沃克·埃文斯［Walker Evans］结交为友，后者帮他在亨利·R. 多尔蒂公司［Henry R. Doherty and Co.］找到一份工作，一个月后辞职。帮助编辑考利的《蓝色的朱尼亚塔河》［*Blue Juniata*］手稿。考虑对母亲采取法律行动，后者在外祖母遗嘱方面始终强硬；说服管理遗产的信托公司预付给他费用。与所罗门·格伦伯格

[Solomon Grunberg] 结交为友。12 月初启程前往伦敦。与《日历》编辑埃奇尔·里克沃德见面并在罗伯特·格雷夫斯[Robert Graves] 和劳拉·莱丁的船屋上过圣诞节。

1929 年　一月份前往巴黎，在一场“狂欢节般的生活”中与艺术家和作家（包括格特鲁德·斯坦因[Gertrude Stein] 和安德烈·纪德）会面。与富有的诗人哈里·克罗斯比[Harry Crosby] 结交为友，后者与妻子卡雷瑟[Caresse] 同为黑太阳出版社[Black Sun Press] 创始人，专门出版 D. H. 劳伦斯[D. H. Lawrence] 和詹姆斯·乔伊斯等现代主义作家的限定版。2 月，周末常去克罗斯比位于尚蒂利[Chantilly] 附近的地产，以奢华享乐派对闻名的太阳磨坊[Le Moulin du Soleil]；克罗斯比提议印行尚未完成的《桥》的私人版。克兰接受邀请在太阳磨坊写作《桥》，并于此后数周在巴黎和埃尔梅农维尔[Ermenonville] 间往返。4 月前往法国南部。克罗斯比夫妇计划在年末以《桥》的现有形式将其出版，尽管克兰有意继续写作和修订这首诗。在马赛[Marseille]（“一个愉快的所在，对我来说”）度过数周后前往罗讷河［Rhône］畔的村庄马蒂格斯［Martigues］造访南非诗人罗伊·坎贝尔［Roy Campbell］。不久就不受欢迎而被要求离开，6月底经马赛返回巴黎。穷困潦倒，与画家尤金·麦考恩［Eugene MacCown］同住。与丹麦水手彼得·克里斯蒂安森［Peter Christiansen］有染。7月3日，因无法支付精选咖啡厅［Café Select］的酒吧账单而挑起一场斗殴：攻击多名侍者和一名警察后被捕并入狱六天。凭一笔克罗斯比的借款支付机票返回美国。8月从帕特森给克罗斯比夫妇寄去《桥》的旁注释义，并写作这首诗的《哈特拉斯角》［*Cape Hatteras*］部分。租用布鲁克林哥伦比亚高地130号的公寓，往返于帕特森和纽约市之间。与费德里科·加西亚·洛尔迦［Federico Garcia Lorca］会面。随着黑太阳截稿期临近而写作《桥》的《印第安纳》［*Indiana*］和《贵格山》［*Qaker Hill*］部分。中断联系一年后打电话给父亲。黑太阳版《桥》的出版被推迟，因此得以完成《贵格山》并审读此诗的大部分校样。造访父亲新近创办的产业，俄亥俄州查格林瀑布［Chagrin Falls］的克兰金丝雀小屋［Crane's Canary Cottage］，并与贝茜·米查姆［Bessie Meacham］会面。在布鲁克林大开派对以庆祝《桥》于12月7日完成，并将已来到美国的克罗斯比夫妇介绍给他的纽约朋友。几天后，哈利·克罗斯比和他的情妇约瑟芬·比格洛［Josephine Bigelow］被发现死在一个旅馆房间里，官方认定两人为自杀。克兰修订《贵格山》并安排将沃克·埃文斯的布鲁克林大桥摄影收入此书（最初准备收录约瑟夫·斯特拉［Joseph Stella］所画此桥的翻印，但翻印成本过高）。为《桥》的美国贸易版与博尼与利弗赖特签约。与关系暧昧的水手鲍勃·斯图尔特［Bob Stewart］共度圣诞节。12月26日向黑太阳书局寄去《桥》的最终修订稿。

1930年　1月，父亲与贝茜·米查姆结婚。搬到布鲁克林哥伦比亚高地130号的地下室公寓。为《过渡》写《致云幻术师》［*The Cloud Juggler*］以纪念克罗斯比，对此作并不满意。与具有文学抱负的水手卡里·卡尔森［Cari Carlsen］有染。黑太阳书局在巴黎出版《桥》限定版；美国贸易版由博尼与利弗赖特在4月推出。评论褒贬不一，但负面评论令克兰备受伤害；这些文章均发表在精选的文学刊物上，有两篇出自朋友之手：伊沃尔·温特斯（《诗歌》）与艾伦·泰特（《猎犬与号角》[*Hound & Horn*]）。6 月写信给温特斯为此诗辩护，两人的通信至此结束。去帕特森，其行状令所有人敬而远之，并再次被赶出艾迪·特纳的住宅。与埃莉阿诺·菲茨杰拉德同住，并由洛娜·迪亚茨陪同到新罕布什尔州造访 E. E. 卡明斯。读但丁作品。8 月向古根海姆基金会 [Guggenheim Foundation] 申请研究基金。搬回纽约，住在菲茨杰拉德的公寓和便宜的酒店房间。10 月，《桥》获《诗歌》杂志的海伦·海尔·莱文森奖 [Helen Haire Levinson Prize]。《财富》[*Fortune*] 约请他撰写有关即将完工的乔治·华盛顿大桥 [George Washington Bridge] 和标准石油公司 [Standard Oil] 总裁 J. 华尔特·蒂戈尔 [J. Walter Teagle] 的文章，但前者遭退稿，第二篇的草稿被寄失。12 月资金耗尽，去俄亥俄州，在逗留期间拜访莱赫塔里克夫妇、威廉·索默和加勒茨维尔的克兰家族成员。在克利夫兰的家庭商店和查格林瀑布的公司里工作。

1931 年　尽管在俄亥俄州逗留的三个月颇为平静，与父亲的关系恢复到往常的亲密，克兰却变得愈发焦躁不安。3 月获 2000 美元古根海姆基金，大喜过望。尽管曾计划去法国旅行，但仍采纳考利去墨西哥的建议，重启有关阿兹台克人的诗剧的模糊计划。因打架而被赶出《新共和国》的一场派对。离开纽约前不久与哈佛医学院［Harvard Medical School］的细菌学家汉斯·辛瑟［Hans Zinsser］会面，后者也将乘奥里扎巴号前往墨西哥。4月抵达墨西哥城，与另一位古根海姆基金获得者凯瑟琳·安·波特［Katherine Anne Porter］同住。一系列醉酒事件令他与波特关系趋冷；搬到密克斯科亚克［Mixcoac］郊区，与文学界友人愈发疏远，除了当时担任《新共和国》编辑的马尔科姆·考利。与来自俄亥俄州的老友威廉·赖特和塞缪尔·洛夫曼，以及纽约的心理分析师所罗门·格伦伯格［Solomon Grunberg］通信。与爱尔兰革命家，诗人欧内斯特·奥马利［Ernest O'Malley］结交为友。6月，收到《诗歌》编辑莫顿·道文·扎贝尔［Morton Dauwen Zabel］的诗与书评约稿。写《炼狱》［*Purgatorio*］片段。精神状态恶化。波特未赴克兰为她准备的一顿午餐，克兰酗酒无度，在一场美国大使馆的招待会上举止失态，又在波特住宅外面对她狂喊污言秽语，当夜被捕入狱。一纸诉状被提交给墨西哥政府，而古根海姆基金会也发信威胁要终止提供资金。父亲死于心力衰竭，7月初回到俄亥俄州参加葬礼并协助财产处置；发现父亲的生意遭遇困境。返回墨西哥前赴纽约数日但避而不见大多数友人。回到墨西哥，与考古学家米尔顿·罗克［Milton Roarke］会面并陪他到距离墨西哥城4小时的特波茨兰［Tepotzlan］；目睹敬拜阿兹台克大神特波兹卡特尔［Tepoztecatl］的节庆。作《事件》［*The Circumstance*］。与因为暗通共产党而被软禁的艺术家大卫·西奎罗斯［David Siqueiros］结交为友，后者为克兰画肖像。与历史学家莱斯利·贝尔德·辛普森［Lesley Baird Simpson］讨论他未写的阿兹台克戏剧，并与之结交为友。恢复与正在墨西哥办理离婚的佩吉·考利的友谊，并通过她与记者卡尔顿·比尔斯［Carleton Beals］和历史学家安妮塔·布伦纳［Anita Brenner］见面。诗作于10月遭H. L. 门肯［H. L. Mencken］和马克斯·伊斯特曼［Max Eastman］在报刊上的攻击。11月同意招待西奎罗斯，这位患上疟疾的画家必须搬家以接受治疗。前往塔斯科［Taxco］，在圣诞节前不久与佩吉·考利同住并成为恋人（克兰在两人相恋时继续与男人发生性关系)。开始写作《崩坏之塔》[*The Broken Tower*]。

1932 年　　1 月 28 日在塔斯科监狱过夜。返回密克斯科亚克的混乱居所;与佩吉一起去普埃布拉 [Puebla] 数日。将完成的《崩坏之塔》寄给马尔科姆·考利、塞缪尔·洛夫曼和《诗歌》(后者始终未收到)。古根海姆基金于3月31日到期,克兰资金短缺,因父亲遗产的钱款未到;从贝茜·克兰处得知他虽将获得一小笔月度津贴但"没有什么钱能够以你所得遗产的方式支付给你",因父亲已经担保了一栋工厂大楼的租约,其租户根本支付不起。损毁西奎罗斯为他画的肖像。谈论自杀并立下至少一份遗嘱(被毁掉或丢失);吞服碘酒并接受医疗护理。感到离开墨西哥的冲动并与佩吉一起从韦拉克鲁斯 [Veracruz] 乘奥里扎巴号启程。在哈瓦那上岸数小时。在佩吉的手臂被意外烫伤后醉酒发怒大闹全船。4 月 27 日凌晨遭人毒打。当日中午时分,在数名目击者面前,跳下奥里扎巴号甲板而身亡。

译后记

“桥”是诗歌，哈特·克兰的诗歌。

诗歌是桥，哈特·克兰的桥。

以上是本篇初稿（2021年9月21日）开头的两句话；后文大部分删去，除了仅仅具有私人意义的一段：

> 有些事真的特别奇怪。今年2月25日，当钟鸣兄在微信上跟我随便一提“可以攻哈特·克莱恩了”的时候，我立刻就回答说我在大学时曾经想过要翻译哈特·克兰的《桥》（*The Bridge*）。然后我就想起来，我没读过哈特·克兰；我在近三十年里也从来没跟人谈过甚至想过哈特·克兰；我对这个诗人所有的印象仅仅是，1990年之前的什么时候，在华东师大图书馆里看到过《桥》这本书，或它的封面而已。我只能解释为，那个封面——全幅的白或略微偏黄，上方三分之一是一座桥的黑白版画，一幅45°角的倾斜透视（然而我在网上并没有搜到，或许我把内页当成了封面？）——加上Hart Crane，哈特·克兰（而不是克莱恩）这个名

字，形成了某种力量，可以让一个人将翻译它的想法保留三十年（或无论如何，他认为是如此），并且在三十年后，真的开始了翻译《桥》与哈特·克兰诗全集这件事。[以上是 2020 年 8 月，我在自己的公众号上写的话。]

照搬我在另一本译作里的做法，今天我对这篇译后记进行了如您所见的简化处理，其原因跟被删除的部分，或译后记这种文字本身（译者确认自己曾经存在的印戳）一样无关紧要。保留初稿的结尾是因为我仍想呼应一下开头：

翻译是桥，一个人在桥头站了很久，几乎遗忘了桥的存在，忽然接到提醒就走了过去。

陈东飚

2024 年 8 月 21 日